# LE MUR

DE LA MÊME AUTRICE

*Vergne Kevin* (roman)
éditions Fleur Sauvage, 2019

*Bruit noir* (recueil d'entretiens)
éditions On verra bien, 2022

Marianne Peyronnet

# *Le Mur*

LES ÉDITIONS RELATIVES
*Parce que tout est relatif*

Dépôt Légal : 05.2023

Couverture : Pierre Garot
Maquettes et mises en page : Thierry Tuborg

ISBN : 978-2-9572024-4-7
EAN : 9782957202447

**editionsrelatives.fr**

# I

# 1

Il n'y a pas de mot. Je n'ai jamais été aussi heureux. Sans être à la hauteur de l'humeur qui m'anime, excité serait le terme qui la qualifierait le mieux. Syl l'est autant que moi, je le sais. Nous sommes assis collés l'un contre l'autre. Nos cuisses se touchent et je sens, en plus des soubresauts de la route, les mouvements qui partent de sa cheville et font monter son genou, de haut en bas, de haut en bas, rapides, incontrôlés. L'honneur qui nous est fait est si grand que nous ne pouvons en prendre la mesure. Ma joie est au-delà de l'entendement et je me retiens de hurler d'impatience. Je voudrais déjà être arrivé mais le chemin est long jusqu'à notre but. Je ne peux rien faire d'autre qu'attendre, calé sur la banquette trois places, entre le chauffeur à ma gauche et Syl à ma droite, dans l'habitacle exigu du fourgon nous menant vers notre nouvelle vie. Fourmis dans les jambes. Rictus béat. Le pare-brise devant moi me renvoie l'image déformée d'un benêt. Mon allégresse est telle que j'ai l'impression que je vais m'envoler.

Je me tourne vers mon ami, il me rend mon sourire. La cicatrice sur son front, au-dessus du sourcil, se tend, a l'air de me faire signe. Je lui ai infligé cette marque, il y a quelques mois. Il n'avait pas eu le temps de parer le coup. Le coutelas avait beau être factice, il lui avait ouvert le crâne et la plaie avait beaucoup saigné. Cinq points de suture. Cette fois-là, j'avais gagné le combat. Il a eu le loisir de se venger depuis. Mes défaites n'ont pas laissé de traces aussi visibles mais mon corps porte plusieurs stigmates de sa dureté. Je n'en reviens pas de notre chance. Ils ont choisi de ne pas nous séparer. Nous n'en rêvions même pas, convaincus que la fin de notre instruction impliquerait notre éloignement. Ils ont considéré que nous devions l'un à l'autre notre niveau d'excellence. Ils ont raison.

Je connais Syl depuis six ans, date de notre arrivée à l'Académie, et sans lui, sans cette saine compétition entre nous, je n'aurais pas atteint la perfection. Je prends leur décision comme une récompense, après ces années d'efforts acharnés. Syl a été le seul concurrent à ma ténacité à devenir le meilleur, sans redouter aucune blessure, à acquérir les techniques de lutte les plus redoutables, à apprendre le maniement de toutes les armes, à transformer mon corps en machine de guerre. Il a été le seul à se mesurer à mon acharnement à être au-dessus du lot. Il m'a mis des raclées. Que je lui ai rendues. Je suis meilleur au cent mètres, il me bat sur la longueur. Quand ma face tâte de son poing, il m'étale pour le compte, mais je suis bon dans l'esquive et ma riposte est plus vicieuse. Il est plus que mon frère. Nous étions inséparables et le demeurerons. Nous sommes des conquérants. D'égale puissance. Nous avons belle allure. Il est un peu plus grand que moi, de carrure imposante. Je suis plus sec et plus rapide. Nous avons les yeux clairs, les pommettes hautes de notre race. Nous nous ressemblons. Notre crâne rasé y est pour beaucoup, je suppose. Nous avons seize ans, à peine. Notre formation est terminée. Nous sommes en âge de rendre à notre peuple tout ce qu'il nous a donné.

Nous sommes en âge de mourir.

Car nous avons été élus pour faire don de nos corps, s'il le faut. Au service de la Matrie.

Notre Matrie nous aime plus que nos mères. Elle nous nourrit, nous soigne, nous vêt, nous loge, nous éduque. Elle veille sur ses enfants. Elle procure à chacun ce dont il a besoin. Les Matrides que nous sommes, filles et garçons, lui doivent plus que leur vie. Je suis fier. Je suis reconnaissant. J'ai hâte d'occuper la fonction qu'elle a choisie pour moi. Ma tenue la précise. Je suis un militaire. Je porte un uniforme. Une combinaison souple mais robuste, d'un noir lustré qui capte la lumière. Elle enserre mes chevilles, mes poignets et mon cou. À la taille, une ceinture de cuir. Aux pieds, des bottines lacées. Syl est paré de même.

Je n'ose pas parler. Ma voix trahirait ma fièvre, et surtout ma jeunesse. L'homme au volant, concentré, se tait. Mon regard se porte à nouveau sur la route. Les premières lueurs de l'aube dévoilent des champs à perte de vue. Je n'en ai jamais vu que dans des livres. Je n'ai jamais rien vu d'aussi beau.

Il est temps.

Notre heure est enfin venue d'aller combattre. Notre seizième anniversaire nous a souvent semblé tel un lointain inaccessible. Nous y sommes. La guerre fait rage à nos frontières et nous allons enfin entrer dans la mêlée. Si notre sang doit couler pour défendre notre Matrie, soit. Mais je ne crois pas que nous allons y laisser la peau, notre courage est trop grand, notre détermination trop ancrée. Les Brutes vont périr sous nos coups. Je tuerai des centaines de ces Bêtes sanguinaires. Je sauverai les derniers hommes.

Une heure que nous roulons. Je n'ai jamais quitté Vilona. Je ne retournerai sûrement plus dans cette ville qui m'a vu naître. Dès les premières lieues, elle a sombré dans les ténèbres, s'est fondue dans les brumes. Éteinte et invisible. Je la laisse derrière moi. Notre mégalopole est à cinq cents kilomètres de notre destination, droit devant, vers le nord. L'asphalte est abîmé. Il nous faudra longtemps avant d'arriver. J'ai hâte et en même temps je voudrais que le voyage dure. Profiter du spectacle. De l'herbe, du ciel, de l'air si différent déjà de celui de l'école. Des odeurs nouvelles. M'en mettre plein les yeux tant que je peux. Je serai peut-être aveugle bientôt.

Je donne une tape du plat de la main sur le genou de Syl. Il prend conscience de sa gestuelle, reflet de son exaltation, et cesse de s'agiter. Tout est allé si vite depuis hier que nous avons à peine échangé quelques mots. Hier. Notre Cérémonie. Notre tour d'être glorifiés le temps d'un jour, début de notre existence véritable, après toutes ces années d'apprentissage. Honorés lors d'une fête qui témoigne de notre passage à l'âge adulte, de la fin de notre instruction. Ultime occasion où l'on nous permet de revoir celle qui nous a élevés et notre sororie. Et unique jour dans l'année où les femmes sont autorisées à pénétrer dans l'enceinte de l'Académie.

— Ça ne t'a pas fait bizarre, de revoir ta famille ? je lui demande.

— Un peu. Pas tant que ça, en fait. Je pensais que j'allais être bouleversé, mais non. Sylvia était là, avec toutes mes sœurs et frères. Tous plus jeunes que moi, comme tu le sais. On est six, maintenant. J'ai trois ans d'écart avec ma sœur la plus proche et même elle, je m'en rappelle très peu. Alors, les autres. Mais même ma mère… C'était comme si je ne la connaissais plus. Et toi ?

Je ne veux pas le contrarier. Je ne veux pas non plus avoir l'air moins mature que lui. Je mentirais si je prétendais partager ses sentiments. Revoir ma mère m'a ému. Dix ans depuis notre séparation. Sans une seule occasion de voir son visage ou d'entendre sa voix. C'est long, dix ans. Alba a changé par rapport à l'image que j'avais gardée d'elle. Je ne saurais dire de quelle façon. Sans doute ma mémoire me joue-t-elle des tours. J'étais si jeune quand j'ai quitté le nid. Ses cheveux sont toujours une masse soyeuse descendant à sa taille. Combien d'années encore avant qu'elle ne doive les couper ?

Syl paraît détaché, insensible. Feint-il l'indifférence ? N'a-t-il vraiment rien ressenti en présence de sa mère ? Je le crois et le plains. Sylvia n'a peut-être pas été la mère qu'il méritait. Les yeux d'Alba ne m'ont pas lâché tout le temps du cérémonial. Bienveillants. La savoir si proche de moi, une dernière fois, a accru mon anxiété dans cette journée déjà si chargée en émotions. J'ai fait de mon mieux pour ne pas lui déplaire. J'ai réussi, il me semble.

Ne pas blesser Syl. Ne pas lui montrer à quel point j'ai été ébranlé par cette visite. En rester aux faits. Je ne suis pas plus un enfant que lui.

— Alba n'a emmené que trois de ses enfants. Ça m'a fait plaisir de la revoir. Mais c'est surtout de revoir Celia qui m'a touché, ma cadette d'une année.

À mes six ans, quand on m'a éloigné du foyer d'Alba, nous étions cinq sœurs et frères. Je ne les ai pas tous connus. Alb 1 avait déjà rejoint l'Académie à ma naissance, et Alb 2 et Elya, qui ont respectivement trois et deux ans de plus que moi, m'ont laissé peu de souvenirs. En revanche, je me rappelais parfaitement Celia. Quand je l'ai vue, hier, près de ma mère, seule ma déduction m'a permis de savoir qui elle était. Elle a tant grandi que je ne l'aurais pas reconnue. Mais elle m'a sauté au cou avec un tel empressement que je n'ai plus douté. Elle a fondu en larmes en répétant mon nom. Ses pleurs m'ont ramené des lustres en arrière, au souvenir des mêmes larmes qu'elle avait versées lors de notre séparation. Je me souviens parfaitement de ses cris qui avaient failli m'arracher des sanglots. Je les avais retenus face au regard sévère d'Alba. J'étais un garçon. Un garçon ne pleure pas, surtout devant ces hommes qui m'emmenaient, pour mon bien. J'avais attendu d'être plongé dans le noir, dans le grand dortoir que je partageais désormais avec mes nouveaux camarades, dont j'avais entendu les plaintes, cette nuit-là. J'avais oublié tout ça. Les larmes de ma petite sœur m'ont rempli d'une nostalgie que je suis heureux d'avoir finalement surmonté. Elle est en âge de fonder sa propre lignée maintenant.

Après Celia, Alba a eu deux autres enfants, Alb 4 qui m'a épié durant toute la visite et Aurora, qu'elle tenait dans ses bras. Nous ressemblons-nous ? Nos différents pères ont-ils fondé une partie de nos traits ? Nous avons tous les yeux verts de notre génitrice, quoi qu'il en soit.

— Mais, quand même, quand Alba m'a donné l'accolade, ça m'a fait quelque chose, j'ajoute.

Une étrange sensation que je refuse de confier à mon ami. Une bouffée de mélancolie, certainement une réminiscence de ma vie d'avant, quand j'étais moi aussi un petit garçon dans les jupes de ma mère. L'odeur de son cou et de ses cheveux m'ont remémoré le déchirement de l'exil, ce sentiment d'abandon qu'on nous a tous appris à refouler dès notre prise en main.

— Et quel bonheur d'avoir tant de sœurs ! Tant de bébés à venir ! Alba m'a annoncé qu'elle était enceinte de son huitième et qu'elle espérait bien que Celia aussi portait la vie depuis quelques jours, même s'il était trop tôt pour l'affirmer. Elya en est déjà à son troisième. Si Celia est bien enceinte, elle aussi quittera bientôt Alba pour se consacrer à son rôle de mère. Que peut-il y avoir de plus sacré ?

— Aller défoncer toutes ces Brutes pour permettre à nos mères et nos sœurs d'accomplir leur devoir ?

Syl et moi nous esclaffons d'aise à ses mots pleins de bon sens qui m'évoquent les enseignements du *Guide*. Litanie répétée, ancrée en chaque Matride : « *Les femmes sont les êtres suprêmes car elles enfantent. Notre peuple en a pris conscience quand il a fait le choix de l'autarcie et de l'isolement parfaits. Sans contact et échanges avec l'extérieur, nous avons été libres de réexaminer les rôles des genres. Les enfants en grand nombre permettent l'avènement et la stabilisation d'une société sublimée. Il faut des enfants pour cultiver la terre, bâtir toutes sortes d'infrastructures, pour combattre l'ennemi. Il faut des enfants par millions pour assurer l'avenir. Il faut permettre aux femmes de faire des enfants, et de ne faire que cela. Elles sont des créatures charnelles. Elles s'épanouissent dans l'élargissement de leur bercail.* »

— Sans militaires, pas de paix possible ! j'exulte.

— Le Mur, Alb ! Tu te rends compte, on va voir le Mur !

J'ai du mal à le croire et pourtant c'est vrai. Je le sais depuis quelques heures seulement. Comment imaginer que notre Cérémonie n'a eu lieu qu'hier et que nous sommes en route pour le Mur ! Nous savons, Syl et moi, comme tous les membres de notre Académie militaire, que nous serons soldats depuis que nous avons dix ans. À six ans, les garçons quittent le foyer de leur mère pour ne plus jamais y revenir. Ils intègrent l'Académie primaire où, en plus d'apprendre à lire, écrire, compter, ils sont triés, testés, en vue de leur orientation. Toutes leurs facultés sont mesurées, QI, adaptabilité, résistance. Ces quatre années décident de notre destin. En fonction de nos résultats, et se calant sur le plan de la Matrie, qui détermine ses besoins dans les différents domaines de la communauté pour l'avenir, nous sommes sélectionnés pour intégrer des instituts spécifiques. Mon incorporation dans l'armée n'a jamais fait aucun doute. Dès mon plus jeune âge, j'ai fait montre d'une profonde appétence pour l'ordre. J'aime que les choses soient bien rangées. J'ai toujours été obéissant, concentré, athlétique. Quand d'autres étaient fascinés par les concepts abstraits, ou le travail manuel, j'aimais l'idée d'être un dans une grande armée, d'être un bout de chair constitutif d'un corps me dépassant, m'englobant tout entier, anonyme et utile. Mes aptitudes naturelles me prédisposaient à intégrer cette corporation et notre Matrie aura toujours besoin de militaires, tant que durera la guerre.

D'autres rempliront des missions différentes, qui nécessitent de cinq à dix ans d'études. Agriculteurs, ouvriers, techniciens, bouchers, ingénieurs, médecins. Des fonctions nobles elles aussi, mais elles supposent moins de danger, moins d'abnégation. Nous ne sommes pas semblables mais tous indispensables, nous nous complétons. Je suis fier d'être militaire, d'être parvenu à me hisser au plus haut niveau de performance, car je leur permettrai de vivre dans la paix, d'œuvrer sereinement. Nous sommes frères, unis pour le bien commun, la défense de nos idéaux, de notre culture, de notre race. Nous sommes aujourd'hui et demain. Des particules d'un grand tout. Chacun à notre place.

Notre fonctionnement social ne tend pas vers l'idéal, il l'a atteint. Des générations se sont sacrifiées pour que vive l'utopie. Notre rôle, à présent, est de la préserver. Les membres de la Matrie sont égaux. Nous ne laissons personne sur le bord de la route. L'argent n'existe pas. Nous avons tous les mêmes besoins, comblés par la communauté. En échange de notre labeur en tant que mâles. Et du ventre des femmes.

Nous sommes soudés contre le monde, ce monde ingrat qui a peut-être disparu. Nous sommes les ultimes rescapés, sans doute. En première ligne contre les Brutes, les Sauvages, les Bêtes. Nous sommes le bouclier, en lutte pour la survie de l'espèce humaine et la protection de notre dogme.

— J'ai cru que mon cœur allait s'arrêter quand ils ont dit où on était affectés !

— Moi pareil, j'ai eu peur d'avoir mal compris !

— Ça a été l'apothéose. Quelle journée ! On avait beau avoir répété, j'avais la tremblote quand ils m'ont appelé.

— Ça ne s'est pas vu, prétend Syl. J'en menais pas large, moi non plus.

Je n'ose lui avouer que je n'ai rien retenu de sa prestation, trop centré sur ma propre personne. Je n'oublierai jamais la solennité du moment, quand le silence se fait et que toute l'assemblée vous regarde. J'ai vécu ça dans un état second. J'ai entendu : « *Alb 3, avance, nous t'en prions.* » Je me suis levé et me suis dirigé vers le centre de l'arène, ainsi que me l'intimait la voix féminine sortant des enceintes. Après avoir gravi les quelques marches de l'estrade, je me suis agenouillé, tête baissée, tourné vers l'assistance qui m'observait. Ensuite, j'ai exécuté tout le cérémonial sans vraiment m'en rendre compte, jusqu'à l'intronisation de clôture : « *Troisième fils d'Alba Irina*

*Viga Luane, tu es prêt aujourd'hui à devenir un membre actif au service de notre Matrie. Ton éducation prend fin, en ce jour célébrant ta maturité. Tout ce que tu as appris, tu en feras usage pour accomplir la fonction que te dicte ta communauté. Tu es, à partir de maintenant et à jamais, membre du corps d'élite martial de notre Matrie. Nous savons que tu te montreras digne de ton affectation : Au Mur du nord.* » Quelle fierté j'ai ressentie !

Nous allions remplacer deux Gardiens, morts au champ d'honneur. J'ignorais jusqu'alors où me conduirait mon affectation, quelle unité j'allais intégrer. L'ennemi intérieur semblait vaincu… La menace paraissait plus tangible aux frontières… Ce n'était pas à moi d'en décider. Mais Gardien ! Je n'aurais jamais pu même en rêver. Mon cœur battait dans ma poitrine comme s'il voulait sortir de mes côtes. Défendre le Mur ! Au nord ! Là où les combats sont les plus violents, où nous subissons nos plus grandes pertes !

Le Mur est notre gloire. Il fait partie de notre imaginaire. Tous les enfants, même les filles, en connaissent l'histoire. Erigé par le peuple dans son infinie sagesse, il est notre trésor, notre bien le plus précieux après notre jeunesse. Lui seul a pu nous protéger. Quatre mètres de haut en dalles de béton renforcé, courant sur deux cents kilomètres suivant la ligne le plus au nord. Si l'ensemble de la Matrie est mis à l'abri du dehors, si des rangées de barbelés, des palissades de bois hérissent les frontières sur tout le périmètre, il n'y a qu'au nord qu'il est fortifié, implacable, car c'est de là que les Brutes viennent en plus grand nombre. Il se dresse là tel un rempart. Nous sommes en son sein comme dans un cocon. On nous berce au son de comptines le sanctifiant. On nous raconte comment des centaines de maçons, apprentis, vaillants volontaires, tirés au sort tant chacun avait le désir d'être parmi les privilégiés participant à son édifice, ont été transportés jusqu'à la ligne de front. Comment les matériaux, sables, graviers, poudres d'argiles et de calcaires, citernes d'eau, barres d'acier ont été acheminés dans leur sillage. Comment une tranchée a été creusée, délimitant son emplacement. Comment ces fiers travailleurs sont parvenus, en quelques semaines, à le faire se dresser. On apprend tout petit à le dessiner, à le chérir comme un soleil nous comblant de ses bienfaits. Il fait l'objet de toutes les attentions et beaucoup d'hommes veillent sur lui, le réparent, colmatent les brèches de sa cuirasse, celles dues au temps ou aux assauts destructeurs de l'ennemi. Il subit tant d'attaques, encore de nos jours.

Les dernières actualités confirmaient que nos troupes livraient toujours bataille avec vaillance contre les Bêtes, envahisseurs sanguinaires. Des dessins informatifs circulaient, effrayants. Ils montraient des centaines d'assaillants, grouillants, la bave aux lèvres, le regard fou, en train d'assiéger notre Mur protecteur. Armés de bâtons, ils frappaient l'enceinte qui résistait. Grimpés sur les épaules d'autres servant d'étais, certains étaient parvenus à se hisser à son sommet, jetés à bas par les tirs fournis de nos soldats. J'avais tant enragé de ne pouvoir me mêler à la lutte ! Quand arriverions-nous enfin à exterminer ces nuisibles pour vivre en paix ? Restait-il d'autres humains, à part nous, au-delà du Mur ? Étions-nous seuls au monde après l'apocalypse ?

Je sais maintenant avoir la chance de me joindre au combat. J'ai conquis le droit de tirer pour tuer, sans sommation, et je suis pressé d'en découdre. Si je dois y laisser la vie, c'est un honneur et je ne mourrai pas sans avoir dégommé quelques-uns de ces monstres. Je ne crains pas le mal, ni la faim, ni le froid. Je n'ai peur de rien. Je ne faillirai pas. Je suis un guerrier.

Le chauffeur se concentre sur la route. Il est penché vers le pare-brise afin de mieux voir les trous dans le bitume. Il suit une ligne droite bordée de cultures et plus loin, de forêts. Nous roulons lentement sur cette voie qui m'éloigne de ma mère. Au moment de lui dire adieu, je l'ai serrée brièvement contre moi. Quand aurai-je à nouveau le privilège d'étreindre le corps d'une femme ? Jamais peut-être. Sa peau était douce, chaude et sentait le miel. Je n'avais eu le droit de croiser une femme qu'une seule fois depuis mes six ans. En tant que militaire, l'occasion ne se renouvèlerait peut-être plus jamais.

Même âgés les sexes ne se mélangent pas. Les hommes travaillent jusqu'à la fin. Les femmes infertiles à vingt-cinq ans malgré l'aide la Matrie, dispensant examens et assistance à la reproduction, et après vérification qu'elles n'ont pas refusé le coït, constituant un délit de traîtrise, sont envoyées dans des centres où elles participent différemment à l'effort national, travaillent comme ouvrières dans le textile ou la restauration. Elles y sont rejointes par les mères devenues stériles à cause de leur dégénérescence physique. Il n'y a pas de femmes sur la ligne de front.

Je chasse cette idée pour me concentrer sur le paysage. Le ciel s'est éclairci. Le spectacle est magique. À perte de vue, des champs cultivés, du bétail dans les prés. L'activité humaine ne tardera pas à se manifester. Pour l'heure, tout est calme et même les animaux reprennent lentement conscience qu'il est temps de brouter. Je dévore tout des yeux. Je ne connaissais que la ville. Une féérie s'offre à moi ! Le vert tendre de l'herbe prend une teinte plus éclatante à mesure que le soleil grandit à l'horizon. Nous voyons au loin des fermes où des paysans s'affaireront bientôt, des terrains immenses couverts de blé et d'autres céréales que je n'ai pas appris à identifier. La détermination de mon peuple à donner sa sueur pour le bien commun me remplit de fierté.

Traverser le pays et en découvrir la richesse est une aubaine. Beaucoup n'auront jamais cette opportunité. Nous devons veiller à ne pas gaspiller nos ressources, et l'essence est un bien précieux. Les voyages nous sont interdits, et je ne suis même jamais allé voir la mer, à cinquante kilomètres au sud de Vilona.

Mon éducation achevée, je sais désormais quelle sera mon exacte utilité envers la collectivité. Je suis amené à résidence, là où j'exercerai ma fonction, et n'en bougerai plus jusqu'à ma prochaine mission. Certains demeurent au même endroit toute leur vie. La plupart ne quitteront jamais la Mégalopole, qui concentre 70 % de la population. Il n'y a que cinq autres grandes villes, mais de moindre importance, réparties sur le territoire. Elles regroupent 20 % des habitants du pays. Le reste des travailleurs est dispersé dans de gigantesques fermes, que l'on peut voir, de loin en loin, depuis notre camion. Les terres sont réservées aux cultures et à l'exploitation des mines. Sable, nickel, carrières de pierres, nous ne manquons de rien. La concentration urbaine facilite l'approvisionnement des citoyens. Seuls les convois de marchandises et de matériaux sont autorisés, afin de pourvoir les villes en produits nécessaires, ainsi que les fourgons militaires qui sillonnent la Matrie et vont là où le devoir les appelle.

Notre route déchire la plaine. Nous n'avons croisé aucun véhicule depuis notre départ. La chaussée est très endommagée sur certaines sections, obligeant le chauffeur à ralentir et faire des écarts pour éviter les nids de poule. Vers midi, nous faisons une halte pour nous dégourdir les jambes et manger le pain et le fromage constituant notre déjeuner, puis nous repartons. Une heure plus tard, nous nous arrêtons faire le plein à un dépôt et nous changeons de conducteur. Il roule encore plus lentement que le premier et, même si nous sommes en début d'été, je doute que nous arrivions avant la nuit. Contrairement à son homologue, il ne cesse de parler, de poser des questions auxquelles nous nous efforçons de répondre le plus évasivement possible, simplement pour ne pas paraître impolis. Syl finit par s'endormir. Il a sans doute raison. Il arrivera reposé. Je devrais en faire autant, vu qu'il n'y a rien à faire d'autre, mais mes yeux refusent de se fermer. Je crains de rater quelque chose. Je ne verrai plus ces paysages avant longtemps.

*

Des milliers de Bêtes à l'assaut. Tels des singes immenses. Le regard vide. Gueules ouvertes sur des crocs jaunes et acérés. Hurlants. Puants. Pelage sale infesté de vermine. Déterminés à tuer. Invincibles.

Une Brute me déchire le visage de ses ongles longs.

Je tressaille. Malgré moi, je me suis assoupi. Malgré moi, je souris à l'évocation de ces Brutes cauchemardées. À l'image des monstres qu'on invoque pour calmer les petits garçons pas sages. Bestiaire démoniaque que je sais légendaire. Les Bêtes sont en réalité bien plus semblables aux hommes. Redoutables pour autant. J'aurai sans tarder l'occasion d'en voir en vrai. Ma proche confrontation avec de véritables Bêtes tuera les fantasmes que je m'en fais. Je l'espère, en tout cas.

*

La nuit est là. Je m'étire pour détendre les muscles de mes bras. Le chauffeur en profite pour m'indiquer que nous arriverons bientôt. Plus qu'une trentaine de kilomètres. Il me montre du doigt des bâtiments en guise de confirmation. Mais le manque de clarté m'empêche de distinguer les alentours. Je regrette de ne pouvoir pleinement me rendre compte de mon futur environnement. Ces baraquements de l'armée que je devine doivent être remplis de soldats sur le qui-vive. Ce sont eux que nous préviendrons et qui viendront nous prêter main forte si nous ne pouvons contenir une attaque. J'aimerais tant avoir pu leur faire un signe. Tout a l'air paisible. On ne devine pas le chaos de la guerre, les cris, le fracas de la mitraille, qui sont pourtant si près. On ne perçoit même aucune lueur émanant des quartiers. La nuit est noire et silencieuse, cachotière comme un traître, sournoise. J'ai hâte de prouver ma valeur, de voir les Bêtes de près.

Nous nous engageons sur un chemin de terre. Au bout de quelques minutes, où je m'abîme les yeux à chercher le Mur, le moteur se tait enfin. Nous stationnons devant un casernement sans étage. Je secoue Syl. Il bâille en s'éveillant, se reprend sur-le-champ, conscient soudain de la situation.

Le conducteur nous ordonne de descendre, il se reposera dans son camion avant de reprendre la route. Nous rassemblons à la hâte nos affaires. Sacs contenant quelques vivres et effets personnels. Blousons de pluie. Nous avons voyagé léger. Tout nous sera fourni ici. Nourriture, produits ménagers et de toilette, vêtements, armes…

Personne n'est là pour nous accueillir. Il est tard, mais j'espérais quand même qu'on nous souhaite la bienvenue. Je tambourine à la porte d'entrée, complètement sur la droite du bâtiment, pendant plusieurs minutes, avant qu'on daigne nous ouvrir. L'homme est jeune. Crâne rasé. Uniforme. Il nous adresse un salut réglementaire avant de s'avancer, main tendue.

— Bonsoir, les gars. Vous devez être les nouveaux Gardiens. On ne nous a pas avertis de votre arrivée et je ne vous attendais pas, désolé. Je suis Mar.

Il a l'air aimable, un peu inquiet aussi. Il chuchote pour nous inviter à pénétrer dans une vaste salle donnant directement sur l'entrée.

— Bonjour, je suis Alb 3, troisième fils d'Alba Irina Viga Luane, et voici Syl…

— Moins fort, vous allez réveiller Lau ! C'est moi qui veille, cette nuit. On verra demain pour les présentations officielles. Suivez-moi.

Il traverse la pièce. Nous le suivons sans faire de bruit.

— Ça, c'est la cantine où on mange. Ensuite, c'est la cuisine, nous informe-t-il toujours à voix basse, tandis que nous nous tenons sur ses talons.

Il ouvre une porte donnant sur un couloir étroit, desservant des locaux de chaque côté.

— Là, c'est les toilettes. En face c'est la salle de bains avec les douches. Et ensuite, c'est les chambres. Là, c'est celle de Lau.

Il nous montre une porte fermée, derrière laquelle aucun bruit ne filtre, barre sa bouche d'un doigt, insistant pour qu'on se taise.

— Ensuite c'est la mienne, poursuit-il dans un murmure. Après, il en reste une de libre, et trois en face. Vous prenez celles que vous voulez. Bonne nuit. Lever à six heures. Je reprends mon quart.

Il disparaît dans la pénombre du corridor, nous laissant seuls.

Avant de rentrer chacun dans une des chambres face à celles prises par nos compagnons, Syl et moi nous étreignons.

— Je vais jamais pouvoir dormir. Je suis trop énervé, je lui fais.

— Pareil. Vivement demain.

Je tâtonne, trouve l'interrupteur, allume la lumière, puis referme ma porte en même temps que lui. La chambre est petite. C'est la première fois de ma vie que je vais dormir seul, ailleurs que dans un dortoir empli des ronflements et des pets de mes camarades. Un lit, une table de chevet, un bureau sur lequel sont posés un fusil cassé et une boîte de cartouches entamée. Je connais bien ce modèle. À canon lisse, 66 cm, maniable, rustique. Les anciens s'en servaient pour la chasse au gros gibier. Il n'y a plus d'animaux sauvages comestibles. Le peuple s'en est nourri jusqu'au dernier, du temps de la famine avant que la Matrie organise les cultures, les élevages, les approvisionnements. Je m'en saisis. Sa lourdeur familière m'apaise. Moins précis qu'un pistolet type semi-automatique, il est efficace de près et dégomme sa cible à cent mètres pour qui sait le dompter. Il est chargé, projectiles en alliage d'acier, calibre 20, prêt à servir. Le lit est fait. Je me déshabille, trouve un pyjama dans l'armoire. Je me glisse sous les draps, sourire aux lèvres, âme dans les cieux.

# 2

Je me réveille en sursaut. Je sais immédiatement où je me trouve. Comment l'oublier ? Je suis étonné d'avoir pu dormir. Le silence parfait m'a bercé. Le réveil sur la table de nuit indique 5 h 37. Je renfile mes vêtements de la veille. J'ai faim mais une autre urgence me presse, aller voir le Mur, caresser sa structure. Le couloir et les pièces que je traverse sont déserts. En un instant, je suis dehors. Le baraquement n'est qu'à quelques mètres de Lui. Le Mur est majestueux malgré la faible lueur de l'aube. Il est tel que je l'imaginais. À perte de vue, à droite, à gauche. Je me sens à l'abri. J'avance les mains, les pose à plat contre la paroi, y applique ma joue. Ce Mur jailli du sol, comme par magie, fruit de la volonté populaire.

Jouxtant mon nouveau foyer, dans le prolongement du baraquement, à deux pas de l'entrée, se tient un mirador surplombant l'enceinte. C'est une structure en bois d'une dizaine de mètres de haut. On y accède par un escalier couvert. Je grimpe à son sommet. Un plancher de deux mètres sur quatre. J'ai le souffle coupé. D'ici, on mesure à quel point le Mur est grand. A l'est, à l'ouest, on peut suivre ses lacets serpentant. On le devine encore à l'horizon, de chaque côté, puis on le perd. Nos terres avancent dans l'inconnu. Nous sommes la proue, une enclave de paix entourée de chaos. À quelques kilomètres au nord, l'œil se cogne contre la chaîne des montagnes. C'est elle qui délimite notre frontière. C'est par là que dévalent les Brutes. Un col se resserrant à son sommet leur sert de route naturelle. Nos anciens, dans leur immense sagacité, ont érigé le Mur en retrait de ces monts, permettant aux défenseurs de voir arriver les hordes de Bêtes, leur laissant le temps de se préparer. Au-delà, à l'extérieur de la Matrie, le monde, ou ce qu'il en reste, est caché par le relief. Entre le Mur et ces pics, pas âme qui vive, aucun champ cultivé, pas de bétail au pré. Les humains ont-ils été exterminés jusqu'au dernier ? Au pied de notre fortification, de la mousse et de l'herbe. On a peine à croire que des combats ont eu lieu ici, la semaine dernière, que des Brutes ont piétiné le sol. Des plantes oscillent dans la brise matinale, hautes. Tout est si calme. La violence de notre dernière riposte a dû calmer les ardeurs des envahisseurs. Ils attaquent par vagues, dit-on, sans qu'on s'explique vraiment pourquoi.

Je me retourne pour contempler l'intérieur de notre territoire. Sur une colline au loin, des multitudes d'éoliennes déploient leurs ailes, répètent leur danse à l'infini. L'électricité qu'elles génèrent alimente toute la région. Plus près du Mur, le terrain est nu. Les arbres ont été arrachés, transformés en bois de chauffage afin de dégager la vue. L'humus est noir sur une vaste étendue, calciné sous des feux préventifs nous protégeant des maladies barbares, privant les Bêtes de cachettes potentielles. Je mesure mon bonheur de pouvoir contempler un tel spectacle. Que c'est beau ! Je resterais là pour toujours mais une sirène retentit, il doit être 6 h 00. Je descends à regret de ma tour.

La cantine est vide mais des bols ont été installés à la table commune. Dans la cuisine, je trouve Mar s'activant. Odeur de café.

— Salut. Alb, c'est ça ? il demande.

— Oui, bonjour, Mar. Je peux t'aider ?

— T'as qu'à amener le pain et le beurre. Le café sera prêt dans une minute. Lau ne devrait pas tarder.

Je n'ai pas le temps de répondre que Lau, en effet, apparaît. Il me dépasse d'une tête. Ses sourcils sont épais. Ses yeux d'un bleu d'acier. Il est vêtu du même uniforme que moi. Il a l'air plus vieux. Les rides qui marquent son regard en témoignent. Il est plus costaud aussi. Voix grave. Ton brusque.

— Tiens, la relève, grogne-t-il sans s'adresser à personne en particulier. C'est pas dommage. On va pouvoir souffler. T'es tout seul, mon gars ?

— Non monsieur, Syl est arrivé hier lui aussi, je lui dis, tandis que mon ami se joint justement à nous.

— Pas de monsieur entre nous. Moi, c'est Lau. Celui-là c'est Mar. Et voilà Syl, si j'ai bien compris. Toi, c'est comment ?

— Je m'appelle Alb…

C'est à son dos que je m'adresse, pas sûr qu'il ait bien entendu mon nom. Il s'éloigne déjà en direction de la cantine. Syl et moi nous regardons, stupéfaits d'un tel manque de courtoisie.

— Il est un peu rude. Vous vous y ferez, nous précise Mar.

Je saisis le pain et le beurre, en vue sur un comptoir en bois. Syl s'empare du sucre, dans une boîte en carton. Lau trône à la table où nous déposons les victuailles, suivis de Mar et sa cafetière.

Lau se sert en premier, se découpe une large tranche de pain tandis que nous nous asseyons.

— Y a des règles, ici, lance-t-il d'une voix tonitruante. Personne ne rentre dans ma chambre, sauf quand je le dis, pour changer les draps. Personne ne se sert de ma douche et ne pose ses fesses sur mon chiotte. Vous utilisez la douche et le WC qui restent. Par contre, je veux qu'ils soient propres au point de se voir dedans. Je veux pas savoir qui s'occupe du ménage, vous vous débrouillez, de même que la vaisselle. Mar a l'habitude de faire la cuisine. Si ça tente l'un d'entre vous, vous gênez pas.

Je ne m'attendais pas à ça. Je vois à la mine de Syl que lui non plus. Nous nous sommes toujours relayés, à l'Académie, pour accomplir les corvées. À tour de rôle, dans un partage équitable des tâches. Au cours de notre apprentissage, nous avons été rudoyés. Battus, quand nous le méritions. Nous avons toujours compris pourquoi. On nous a inculqué le respect de la hiérarchie, des aînés. Nous savons que chacun est à sa place dans le dessein de la Matrie. Désobéir peut vous coûter la vie, et celle d'innocents. L'attitude de Lau, son manque d'implication, ses propos individualistes, ont de quoi nous désarçonner. Aucun homme n'est censé travailler moins qu'un autre. C'est une remise en cause du dogme. Il nous observe à tour de rôle, attendant notre réaction. Nous nous taisons. Je n'ai pas pour habitude de juger quelqu'un à la première impression. Ici plus qu'ailleurs, nous sommes une équipe. Lau, vu sa carrure, doit effectuer des besognes d'envergure. Il doit faire sa part autrement. Il impose ses vues, il doit avoir ses raisons, le droit de le faire. Je n'ai rien à rétorquer à cela. Je suis surtout étonné par son flegme. Il n'a pas l'air du tout inquiet. Personne ne scrute même les environs à cet instant. Et si une meute approchait… Devant notre mutisme, il reprend :

— Vous ferez la visite des lieux, plus tard. Mar se chargera de vous montrer comment tout fonctionne. Il va aller se reposer. Il a pris le quart cette nuit. Il sera disponible à partir de midi, moment où nous prendrons notre repas ensemble. C'est pas dommage que vous soyez là. Ça nous fera veiller plus qu'une nuit sur quatre, au lieu de deux. De minuit à six heures, on doit avoir un œil sur les moniteurs. Dans le cas où une de ces Brutes se pointe trop près. Il y a des projecteurs et deux caméras fixées dehors sur le mirador. Elles filment en continu par infrarouge. Si une créature approche du Mur, on sonne l'alerte et on va faire ce qu'il faut. Ce sera toi qui t'y colleras, cette nuit, déclare-t-il à mon égard, et demain toi, ajoute-t-il en pointant Syl du doigt. Le plus dur, c'est la première nuit, vu que vous aurez pas droit à une sieste par anticipation. Mais je me fais pas de souci, des beaux gaillards comme vous…

Il enfourne une grosse bouchée de pain, hilare.

— Aucun problème, on a été formés aux veilles répétées, je l'informe. Et quelles seront nos missions pour la journée ?

— Y en a deux principalement. La surveillance de visu, sur la tour de guet, à la jumelle. Et l'inspection du Mur, jusqu'aux tours suivantes, à l'est et à l'ouest. Elles sont à vingt-cinq kilomètres d'ici, chacune. Vingt-cinq kilomètres encore plus loin, il y a des baraquements de chaque côté. Les baraquements et les miradors se succèdent ainsi sur toute la longueur du Mur, soit deux cents kilomètres. Mais ça, j'imagine que vous le savez. On croise pas souvent nos collègues des autres casernes, sauf par coup de bol ou manque de bol, selon comment on voit les choses. On fait le trajet en fourgon électrique. Il a une autonomie de cent kilomètres. Ça permet de faire l'aller-retour chaque jour. C'est pour ça qu'on va jamais jusqu'aux campements voisins, sinon on peut pas faire l'inspection complète. On vérifie que le Mur est pas endommagé en suivant la route le long de l'enceinte. On grimpe sur la tour, on regarde si tout va bien au loin, et puis on repart en sens inverse. On recharge le fourgon toutes les nuits.

— Si on voit quelque chose de suspect, on prévient comment ? s'enquiert Syl.

— Aucun moyen d'appeler ta mère, petit. Tu peux compter que sur toi-même, ton fusil et ton coéquipier, s'il est pas en train de chier dans son froc. Mais te bile pas, elles se déplacent à pied et elles sont plutôt lentes. Souvent isolées, par petits groupes de trois, quatre. On a largement le temps de réagir. Mais si on voit une horde s'approcher, ou un convoi important de Bêtes au loin, on rentre fissa et on alerte le Commandement depuis la salle de contrôle, qui se charge d'aviser les collègues des autres baraquements. Pareil pour les troupes basées à l'arrière du front, si l'attaque ne semble pas maitrisable par nous seuls. On ne se sépare jamais de son arme, quand on est perchés là-haut. Additionnée de son lance-flammes quand on part en inspection à terre. On n'a pas eu beaucoup à s'en servir ces derniers temps, c'est calme, mais on sait jamais.

— Comment ça, c'est calme ? je lâche.

— Ben ouais, c'est calme. La dernière qui s'est pointée, ça doit faire trois semaines.

— Mais les combats font rage, au nord. Les dernières informations en témoignaient.

— Ah ? Peut-être encore plus au nord, alors.

— Mais on est le plus au nord ! Et nous remplaçons deux Gardiens morts au combat !

— Morts au combat ! Elle est bonne celle-là !

Son rire me coupe la chique.

— Au lieu de rigoler, après la toilette, toi tu viens avec moi. On part en fourgon, m'ordonne-t-il. Et toi, tu te posteras sur la tour, il lance à Syl, en reprenant son souffle.

Un quart d'heure plus tard, rasé de près, je retrouve Lau à l'extérieur, qui m'attend. J'ai à peine eu le temps d'échanger deux mots avec Syl et suis un peu déçu que nous ne puissions partager nos premières émotions en tant que Gardiens. Je suis excité surtout. Je vais peut-être voir des Brutes en vrai. Il y a un garage tout au bout à gauche du casernement. Un fourgon y est parqué. Drôle d'engin. Blindé. Un pare-chocs démesuré par rapport à l'ensemble. Une cabine de deux places à l'avant. Des vitres même sur le toit, permettant une vision dégagée au maximum. Une structure en métal soutenant une bâche en toile pour couvrir l'arrière. J'y pose mon lance-flammes près de celui de Lau. Je cale sur le siège avant le fusil dont j'ai pris soin de me munir. Chargé. Si on m'attaque, je serai prêt. De forme compacte, le véhicule semble avoir été conçu pour limiter les pertes d'énergie. J'observe Lau tandis qu'il procède à sa mise en route. Il arrache un gros fil électrique fiché dans une prise au mur et grimpe dans l'habitacle. Je prends place à ses côtés. Il me montre, contact, marche avant, arrière, rien d'autre, pas d'embrayage, une pédale pour le frein, une pour l'accélérateur. Simple comme bonjour. Go. Direction plein ouest.

Un chemin goudronné suit le tracé au pied du Mur. A peine plus large que notre camion. Il n'y a pas à se tromper de route. L'enceinte à ma droite, d'un blanc gris, semble taillée dans le roc. Sans recul, je ne vois rien d'autre que sa masse imposante. Et des terres brûlées, sur ma gauche, qui finissent par laisser place à des prairies, vierges de toute culture.

— Le quitte pas des yeux, m'ordonne Lau. On est là pour voir si tout est en état.

Le fourgon roule à peine à un mètre du Mur. J'en aperçois toutes les aspérités. Il est constitué de plaques de béton dont on distingue les démarcations, de près. Je scrute à la recherche de dommages éventuels. Je crains qu'un détail m'échappe, que mon inspection s'avère superficielle. Je m'applique et suis satisfait par ce que je vois. Aucune faille, aucune fissure, aucune trace de lutte. Le Mur est immaculé. Je suis si absorbé par ma tâche que l'idée de parler ne me vient pas. Lau reste lui-même muet. Nous roulons lentement. Nous mettons longtemps à parcourir les vingt-cinq kilomètres qui nous séparent du mirador, borne de notre zone à défendre. La tour que nous rejoignons est pareille à celle qui jouxte notre baraquement. Lau éteint le moteur.

— Bien joué, petit.

Un rictus au coin de ses lèvres. Je ne sais s'il me félicite ou se moque de moi.

Nous grimpons. Lau me passe les jumelles. Malgré leur efficacité, malgré le jour qui s'est levé, le paysage à son sommet diffère peu de celui que j'ai découvert une heure plus tôt. Pas une âme qui vive à l'horizon. Seulement les montagnes et des herbes hautes ondulant sous la brise. Impossible de distinguer l'esquisse du baraquement ami le plus proche. Vingt-cinq kilomètres, c'est loin.

— Ça fait longtemps que tu n'as pas rencontré nos compagnons du casernement de l'ouest ? J'imagine que c'est un point stratégique pour échanger des informations, je fais à Lau, accoudé à la balustrade en bois, derrière moi.

— Ça nous arrive. On se donne pas rendez-vous, si c'est ce que tu veux dire. J'ai plutôt l'impression qu'ils nous évitent. Je les ai pas vus depuis, je sais pas, deux, trois mois.

— Mais pourquoi ?

— J'en sais rien, moi. T'auras qu'à leur demander quand tu les verras. On n'a pas grand-chose à se dire, je crois. Ils sont plus que deux, là-bas. Ceux qui sont restés sont pas ceux que je préfère. J'aimais mieux ceux d'avant.

— Ceux d'avant ? Avant quoi ?

— Avant qu'ils soient plus là. Qu'est-ce que j'en sais ? T'as d'autres questions ?

La brusquerie de son ton m'impose le silence. Déstabilisé, je continue à inspecter le paysage. Faire preuve d'aussi peu d'esprit de camaraderie… Plus que deux ?… Il m'arrache les jumelles des mains et me pousse d'une bourrade.

— Alors, tu vois rien ? T'es myope ? grogne-t-il. Tiens, il y en a trois, là, ajoute-t-il en me tendant la lunette et m'agrippant par le bras.

À une distance que j'ai du mal à évaluer, à des kilomètres il me semble, je vois bien à présent trois points se mouvoir lentement. Je corrige la mise au point, le cœur cognant dans ma poitrine. Trois Bêtes dans ma ligne de mire. D'ici, on ne distingue pas les détails mais on ne peut douter. Pour la première fois de ma vie, je vois des Brutes en vrai. Elles sont conformes aux représentations que j'en avais, vues aux informations, semblables à leurs gravures tirées du *Guide*. Elles circulent en file indienne. Deux plus grandes qu'une troisième. Elles marchent vers le ponant. J'en tremble.

— Qu'est-ce qu'on fait ? je crie presque.

— Ben rien. Elles sont en train d'essayer de contourner le Mur, on dirait. Elles sont tellement stupides qu'elles s'imaginent pouvoir en faire le tour. Il y en a plein des comme ça, qui s'approchent pas de trop près. Je suppose qu'elles finissent par crever de faim sans avoir trouvé une brèche par laquelle passer. Celles-là sont pas dangereuses. Elles sont trop loin pour qu'on fasse quoi que ce soit. Trop loin pour nous voir ou nous sentir. Parce que ça les fait rappliquer. On est de la bouffe pour elles.

Je ne les quitte pas des yeux. C'est vrai qu'elles ont l'air malingre. Et tellement humaines, vues de loin. Je comprends pourquoi leur apparence nous a trompés si longtemps. Je reste un long moment à les regarder. Je voudrais qu'elles changent de direction et viennent au contact. Prouver ce que je vaux. J'aurais aimé partager mon exaltation avec Syl. J'espère qu'il aura eu droit au même cadeau. Lau est blasé d'un tel spectacle. C'est tellement frustrant. Mais je suis impressionné par ses connaissances. Sans son aide, j'aurais été aveugle. J'apprendrai beaucoup de lui. J'ai de la chance d'avoir été affecté, si ce n'est sous son commandement officiel, du moins sous son instruction.

— Merci, je lui fais, ému.

— De rien.

— C'est tellement extraordinaire, de les voir enfin.

— Tu t'y habitueras. Ça me fait plus rien, à moi. Depuis le temps.

— Combien de temps ?

— Sept ans. Allez, on repart. Pas de quoi s'exciter.

Sept ans. Il a dû en mener des batailles, en tuer des monstres. Quel respect j'éprouve envers cet homme, qui a mis sept ans de sa vie au service de la Matrie. À la risquer pour défendre celle d'innocents, dans les terres, qui savent tous ce qu'ils doivent à des hommes comme lui. Quelle chance j'ai de pouvoir un jour être aussi expérimenté que lui. Pourvu que la Matrie ne m'affecte pas ailleurs avant très longtemps. Je suis trop fier d'être ici.

Pour le chemin en sens inverse, Lau me laisse conduire. L'engin est facile à prendre en main. Et il suffit de se laisser aller sur ce chemin parcouru par tant d'autres avant moi. Je conduis lentement, pour lui laisser le loisir d'accomplir au mieux sa mission d'inspection. Il me presse d'accélérer et je comprends qu'il s'est ri de moi, à l'aller. RAS. Nous longeons notre casernement sans nous arrêter. Les vingt-cinq kilomètres qui nous amènent au mirador de l'est sont en tous points semblables à ceux déjà vécus. La vue en haut de l'observatoire ne révèle la présence d'aucune Brute au loin. Exempte de toute surprise. Dommage. J'aurais voulu en voir encore.

Lorsque nous revenons au campement, il n'est pas encore midi. Syl descend de sa tour. Je prends soin de masquer le vertige que j'éprouve en lui racontant que j'ai vu des Bêtes de visu. Lui n'a rien constaté dans ses jumelles. Je lui cache le fait qu'il n'a peut-être, comme moi, pas su voir.

Dans la cuisine, Mar s'affaire déjà à préparer le déjeuner commun. Il profite de notre présence pour nous détailler le contenu des différents placards. La Matrie veille à ce que nous ne souffrions d'aucune carence. Il y a là de quoi se nourrir sainement de plats chauds, faciles à acheminer et à conserver. Boîtes et bocaux de légumes, de fruits, de viandes, de poisson. Soupes et purées lyophilisées. Briques de lait et de jus de pomme. Café soluble. Pain. Lait, fromage et beurre. Œufs.

Sachets de pâtes. Paquets de biscuits secs. J'aurai ici le même régime qu'à l'Académie. Les denrées sont cultivées sur nos fermes, transformées dans nos usines et divisées équitablement. Nous avons atteint l'autarcie, aussi bien alimentaire qu'énergétique. Pour la conserver nous devons faire preuve de discernement et de mesure. Nous avons été élevés dans le souci de ne rien gaspiller. Les rations sont calculées au plus juste. Je suis habitué à me contenter de peu. Nous le sommes tous. La Matrie a défini les calories quotidiennes nécessaires à chacun. La frugalité fait la force. Et nous devons partager entre tous. Notre Indice de Masse Corporelle est évalué régulièrement. Dépasser la norme indique que vous êtes un traître au pays, que vous vous empiffrez aux dépends des autres. Dans les villes ou les campagnes, nous mangeons tous la même quantité, les mêmes repas préparés à partir des mêmes ingrédients, fabriqués pour nous maintenir en bonne santé. Notre climat est favorable aux cultures de toutes sortes, et notre sol regorge de minerais et de gaz. Nous ne manquons pas d'eau, nous ne manquons de rien car tout est chiffré au plus juste, puis réparti de manière égalitaire, indubitable.

Mar est efficace dans les informations qu'il nous délivre. Son éducation l'a amené à faire le tri entre superflu et nécessaire, qualité que j'apprécie. Je l'observe tandis qu'il nous explique le fonctionnement de la gazinière. Il est amène. Il fait à peu près ma taille, un mètre quatre-vingt, je dirais. Ses sourcils pâles témoignent de la blondeur de sa chevelure, que l'on ne discerne pas sous sa tonsure conforme. Il a les yeux bleus, plutôt foncés et ronds, ce qui donne à ses traits une douceur enfantine. Ses pommettes sont hautes, son visage anguleux. Il est une belle incarnation de la beauté de notre peuple. Il parle vite, pressé de ne rien oublier :

— Nous sommes ravitaillés environ toutes les deux semaines. Un camion vient nous livrer tout ce dont nous avons besoin. Vivres, produits d'entretien et d'hygiène, munitions, essence pour les lance-flammes. Comme on ne connaît pas la date exacte des livraisons, et qu'il peut y avoir deux-trois jours d'écart avec ce qu'on avait calculé, on fait attention à ne pas gaspiller, de peur d'avoir à manquer. On nous apporte aussi du linge de rechange, des serviettes. On dispose d'un slip et d'une paire de chaussettes propres par jour, d'un uniforme par semaine. Je vous montrerai où mettre votre linge sale afin qu'ils l'emportent.

Pendant qu'il donne toutes ces précisions, il ne cesse de s'activer. Des casseroles sur le feu contiennent respectivement de la purée de pommes de terre et de la viande de porc en conserve.

— Je suis bien content que vous soyez là, conclut-il, dans un murmure comme s'il risquait d'être entendu.

Entendu par Lau ? Justement, ce dernier se manifeste depuis la cantine.

— J'ai faim, braille-t-il.

Il est déjà installé à sa place quand nous arrivons avec plats, couverts, pain. Il se sert en premier. Le repas est rassurant. Il a le goût des mets que je connais depuis toujours. Syl et moi dispensons nos impressions à nos camarades. Laissons libre court à notre enthousiasme. Soulignons à quel point il nous tarde de combattre. Puis nous nous taisons devant le peu d'engouement face à notre discours. Impression de trop parler, d'avoir l'air immature devant ces hommes qui ont tant enduré.

Mar se tient silencieux. Je pressens qu'il sera plus bavard lorsque nous serons seuls. Je garde, pour l'instant, les nombreuses questions qu'il me reste à poser. Lau a l'air soulagé que nous cessions nos bavardages. Il enfourne de grandes cuillerées, agrémentées de tranches de pain. Il mâche consciencieusement. Ses mandibules broient la nourriture avec délectation.

Notre déjeuner terminé, il est le seul à ne pas se lever pour débarrasser.

Apparemment, des habitudes ont été prises qu'il n'a pas l'air décidé à changer.

Le café se pose devant lui sans qu'il dise merci. Nous nous rasseyons pour le déguster.

— Lau, qu'allons-nous faire cet après-midi ? je demande.

— Le mirador n'attend que vous.

— Quand est-ce que vous vous entraînez ?

— S'entraîner ? À quoi ?

— Au combat rapproché. Au tir, je précise, étonné de sa réplique.

— Ah, ça ! Ça fait longtemps qu'on s'entraîne plus, nous autres, il ajoute en appuyant sa remarque d'un clin d'œil à Mar.

— Syl et moi, on pensait pouvoir perfectionner nos techniques de lutte…

— Vous faites ce que vous voulez. À condition qu'il y ait toujours l'un de vous sur le perchoir. Mais pas question de tirer. N'allez pas gaspiller les munitions. Vous aurez pas besoin de perfectionner quoi que ce soit. Vous savez déjà tout ce qu'il y a à savoir. Vous avez appris à tirer. Quand vous devrez buter une Bête, vous saurez faire.

— Mais, on ne sait même pas quelles méthodes vous employez…

— Vous verrez sur le tas. Pas besoin de vous faire du mouron. Elles sont pas bien dangereuses, allez.

Sur ces entrefaites, il se dresse et se dirige d'un pas lent vers les toilettes. Mon regard glisse vers Syl, aussi interloqué que moi, puis vers Mar.

— C'est vrai ? Vous vous entraînez jamais ? je m'étonne.

— Pas depuis que Agn et Kat ne sont plus là. Et déjà, à l'époque, Lau refusait de participer aux séances d'exercice.

— Agn et Kat, ce sont les Gardiens que nous remplaçons, ceux qui sont tombés au combat ?

Mar jette un œil vers la porte du couloir. Lau l'a fermée derrière lui. Mar se penche sur la table et se met à chuchoter.

— Lau n'aime pas qu'on parle de ça. Ça le met en colère. Agn et Kat ne sont pas morts au combat. En fait, ils sont montés dans le fourgon un matin, il y a trois mois de ça. On ne les a plus jamais revus. On nous a ramené le camion. Mais pas eux. Ils sont morts, c'est sûr, mais pas au combat.

— Ils ont cherché à s'enfuir, c'est ce que tu es en train de dire ? Ils auraient déserté ?

— Oui. Et vous savez ce qu'il en coûte. Ils ont sûrement été exécutés à l'heure qu'il est.

Ainsi, nous avons pris la place de traîtres ! Je me recule sur mon siège, abasourdi. La désertion est une notion qui m'est inconcevable. Le méfait ultime. Ces hommes ont donc méprisé l'honneur d'avoir été désignés Gardiens. Le dégoût que je ressens me provoque un haut-le-cœur. Je n'ai que haine pour eux. Leur lâcheté mérite pire que la mort. J'espère qu'ils ont souffert mille martyres. Je comprends que Lau refuse qu'on les nomme.

— Mais pourquoi ont-ils fait ça ? Comment est-ce possible quand la Matrie a tant besoin de ses soldats ? tente de comprendre Syl.

— Ils étaient là depuis trois ans. C'est très long, croyez-moi. Et pas aussi héroïque qu'on le dit. Moi-même je suis arrivé il y a dix-huit mois. C'est terrible d'être ici. L'ennui peut rendre fou.

— L'ennui ?! je m'étrangle.

— Oui, l'ennui. J'ai été affecté ici dès ma sortie de l'Académie. Je pensais comme vous, en arrivant, que ma mission serait glorieuse. Elle consiste à tuer de loin quelques Brutes et les incinérer, de temps en temps. Il en vient de moins en moins.

— Mais on dit que le nord est à feu et à sang.

— Peut-être. Mais pas dans le coin. On n'a pas d'informations sur le sujet. En tout cas, ils sollicitent de moins en moins de Gardiens. Le casernement est fait pour six. Il n'est plus plein depuis longtemps. À mon arrivée, on n'était déjà plus que quatre. Et aux casernements de l'ouest et de l'est, ils ne sont plus que deux, à ce que j'en sais. J'ai d'ailleurs été surpris de votre nomination ici. Quand Agn et Kat sont partis, j'ai pensé qu'ils ne seraient jamais remplacés.

— La Matrie a ses raisons.

— J'en suis sûr. Nous n'avons pas vraiment de lien direct avec le Commandement. Ils ne nous envoient aucune donnée concernant les mouvements de troupe, l'avancée des combats. Nous nous contentons de transmettre nos rapports par messagerie, quand nous estimons nécessaire de leur communiquer un fait précis. Nous savons qu'ils les reçoivent et les lisent mais quelle que soit leur teneur, ils réagissent rarement. Nous ignorons si les troupes de l'arrière front viendraient en renfort en cas d'attaque massive. Je m'efforce de penser que tout cela a un sens. En attendant, la routine qui s'est imposée ici est difficile à supporter. Agn et Kat vivaient mal l'oisiveté forcée et les méthodes de Lau. Ils passaient leur temps à se quereller avec lui, à propos de tout et de rien.

— Lau devait essayer de faire d'eux des êtres meilleurs. Il a échoué. Il devait avoir affaire à fortes parties. Une telle bassesse d'esprit… Je comprends son exaspération.

Mon indignation me fait hausser le ton. Mar m'enjoint de me calmer.

— Ne juge pas trop vite, Alb. Agn et Kat n'étaient pas de mauvaises personnes. Seules les circonstances ont fait d'eux ce qu'ils sont devenus. Quoi qu'il en soit, ils me manquent. Lau n'a plus aucune limite depuis leur départ. Je suis heureux de votre arrivée. Il me fait peur, des fois.

Mar me déçoit. Son aveu de faiblesse me sidère. Et que dire de son manque de solidarité avec celui qui partage son foyer, de son défaut de discernement ? Bien sûr que Lau ne manquait pas de se heurter à ces hommes vils. Comment aurait-il pu en être autrement ? De futurs déserteurs ! Quant à l'absence de combat imminent, je prends cela comme un répit qui me laissera la possibilité de m'accoutumer à ma nouvelle vie afin d'être prêt le moment venu. La Matrie sait. La Matrie prévoit. Le doute n'est pas permis.

Devant ma mine désappointée, Mar a l'air blessé.

— Je vous fais faire la visite ? suggère-t-il d'une voix plus forte, rompant l'embarras. Ça sera rapide.

Nous le suivons dans le couloir sombre. Pas la peine de nous montrer les toilettes et les douches, nous connaissons déjà. Après l'enfilade de chambres, un réduis avec des seaux, des serpillières, des produits d'entretien. Puis le local à chaudière, alimentée au gaz naturel dont la Matrie regorge. On atteint le garage par le fond intérieur du baraquement que Mar nous désigne. Mais le plus important, la salle de contrôle, centre névralgique de l'ensemble, se trouve derrière une porte solide en face des deux petites pièces. Deux écrans de contrôle, correspondant aux deux caméras fixées dehors sur la tour de guet, scintillent dans l'obscurité de la pièce. Face à eux, un siège. Les images sur les moniteurs dévoilent une partie du Mur, des deux côtés de la frontière, en vue plongeante, couvrant un large spectre. Aucun mouvement n'est perceptible.

— C'est ici que l'on surveille ce qui se passe à proximité. Le danger est maximal de nuit, même si les Brutes sont peu habiles dans l'obscurité. Deux projecteurs puissants nous permettent de voir sur une vingtaine de mètres si une ou plusieurs de ces créatures tentent une approche. De jour, on entre rarement ici, mais les caméras continuent de fonctionner, et on pense, sans en être sûrs, que les images sont enregistrées et envoyées au Commandement, nous indique Mar. Il poursuit :

— Quand vous êtes de garde, vous n'avez rien d'autre à faire que vous identifier en tapant votre nom complet sur ce clavier, puis scruter ces images. Elles captent à infrarouge dans le noir. Si une Bête approche près du Mur, vous donnez l'alerte en actionnant ce bouton. Si c'est une horde qui se pointe, vous envoyez un message d'alerte au Commandement en ouvrant ce micro. Ils se chargeront de prévenir les renforts. Le dispositif est dérisoire, bien sûr. Puisque la portion contrôlée est négligeable par rapport aux kilomètres sans surveillance. Pourtant, les casernements ont bien été des cibles privilégiées par le passé. Comme si la présence des humains attirait les Brutes. C'est une preuve supplémentaire de leur stupidité. Elles auraient tellement plus de chance de passer le Mur à l'insu des caméras, entre deux miradors. Certaines parviennent peut-être à pénétrer nos terres, mais c'est peu vraisemblable. En tout cas, le risque d'une offensive importante semble minime ces jours-ci. Jadis, c'était courant. Elles étaient si nombreuses qu'elles assiégeaient continuellement. On ne s'explique pas pourquoi il n'en vient presque plus. Leurs effectifs semblent avoir été décimés et c'est bien la quantité de leurs individus qui créait le danger. Néanmoins, malgré le faible taux d'attaque ces derniers temps, et parce que l'habitude endort les sens, je me permets de vous rappeler que la vigilance la plus grande est de mise dans cette salle.

J'en conviens. Le professionnalisme de Mar me fait oublier l'inconséquence de ses propos d'après le déjeuner. Il est ici dans son élément. Consciencieux. Sur le qui-vive. Il propose de rejoindre seul le mirador, de nous laisser trois heures pour nous entraîner si nous le souhaitons, et ajoute qu'il aimerait bien ensuite perfectionner sa pratique avec l'un de nous. Syl et moi acquiesçons.

Nous prenons quelques instants pour une inspection approfondie, en plein jour, de nos chambres respectives. 15 m$^2$. Un lit simple. Un bureau. Une chaise. Une table de chevet. Une armoire. Rien de nouveau que je n'aurais pas vu la veille. Draps et couvertures sont pliés dans l'armoire, meuble dans lequel je trouve également des serviettes de toilette, du savon, du dentifrice, un pyjama, deux combinaisons noires comme celle que je porte et du linge de rechange. Je pousse le battant d'un vasistas donnant sur l'extérieur. L'air s'engouffre à peine par les quelques centimètres que permet l'ouverture. Ma chambre donne sur le devant. Je ne vois donc pas le Mur. Dans le tiroir du bureau, un livre est posé. Je m'en empare. *Guide spirituel à l'usage des Matrides*. Je connais bien cet ouvrage. Il contient tous les concepts qui forgent notre monde. C'est notre bible. Un soutien dans la tourmente. Je félicite l'homme qui demeurait ici d'avoir eu la bonté de ne pas l'emporter avec lui dans sa fuite, de l'avoir laissé pour moi. Malgré ce qu'il a fait.

La pièce est acceptable. Son état de saleté ne l'est pas. Il y a de la poussière sur les meubles et le sol. Un bon ménage s'avère nécessaire. Je retourne chercher des chiffons et un désinfectant. Je m'active un moment. Débarrasse l'endroit de sa crasse. Je fais le lit. Rien de tel que l'action. L'hygiène est primordiale. Un coup d'œil sur l'ensemble. Je me sens presque chez moi.

*

La chambre de Syl est semblable à la mienne. Il m'attendait. Lui aussi a nettoyé l'endroit de la poussière accumulée. Une question se presse sur mes lèvres :

— Alors ? Qu'est-ce que tu penses de ce Mar ? J'ai l'impression qu'il va falloir se méfier de lui. On aurait dit qu'il défendait les déserteurs, t'as pas trouvé ?

— Je sais pas, il m'a l'air sincère à moi. C'est plutôt l'autre qui m'inquiète, à vrai dire.

C'est la première fois que Syl et moi avons des vues différentes concernant quelqu'un. Il est vrai que notre jeune âge et notre éducation nous ont empêchés jusqu'à ce jour de devoir nous interroger sur qui que ce soit. Nous convenons de remettre à plus tard notre jugement sur nos compagnons et nous dirigeons vers la sortie. Dans le couloir, derrière la première porte close, des ronflements se font entendre.

— Il est courageux, ton ami, pouffe Syl.

Sa réaction ne me fait pas rire, et encore moins l'idée que Lau fasse une sieste, laissant aux autres le soin d'accomplir notre mission commune. Je ne sais quoi penser. Dehors, je laisse mes coups pleuvoir sur mon ami. Ne fais rien pour les réfréner. Je ne songe qu'à entretenir mon outil de travail, mon corps. Forgé pour résister, tuer. Peu de nourriture, aucune drogue, beaucoup d'exercice. Depuis que j'ai dix ans, mes muscles réclament plusieurs heures d'entrainement quotidien. Hors de question de me laisser aller, surtout pas quand on a besoin de moi. Je suis un soldat. J'aime l'effort jusqu'à la souffrance. Je frappe pour être le meilleur. Je frappe pour anéantir ce malaise qui m'étreint, liquider ma déception. L'équipe que j'intègre est en-deçà de mes espérances. Ils ont insinué des choses qui me perturbent et me font mal. Syl s'est moqué de moi. Mes poings s'écrasent sur sa face. Il me rend les coups. Ça fait du bien. Nous ne nous arrêtons que lorsque nous sommes à bout de souffle, le visage bleui sous la lutte. Nous rions. Je poursuis mon entraînement avec Mar, par des pompes. Je ne pense plus à mal.

Il est 18 h 00 quand je vais prendre une douche. Une par jour, pas plus, nous a dit Mar. Une trousse de secours est dissimulée derrière la glace au-dessus de l'évier. J'en fais l'inventaire. Médicaments contre les douleurs et la fièvre, contre la diarrhée, la nausée. Pansements. Alcool. Des aiguilles et du fil à suturer. De la gaze, du coton. La base. Je vérifie une dernière fois. J'ai la même tête que d'habitude. Puis je prends la relève de Syl à la torche. Ragaillardi. Jusqu'à l'heure du dîner.

Le sport pratiqué en commun a scellé notre entente avec Mar, resserré mes liens d'amitié avec Syl. Nous mangeons des œufs, du pain et du fromage, le sourire aux lèvres. Lau s'agace de nos airs béats. Nous sommes trop harassés pour répondre à ses asticotages. Je préfère penser qu'il s'agit de taquineries bienveillantes et les ignore.

Il est 20 h 00 quand nous avons fini notre dîner. La fatigue s'abat sur moi d'un coup. J'ai quatre heures de repos devant moi avant de prendre mon quart à la salle de garde. Je confie à Syl le soin de m'éveiller à minuit.

# 3

Nous sommes arrivés depuis neuf jours et déjà une sorte de routine s'est installée. Syl, Mar et moi nous sommes fixés un planning. Nous alternons les tâches pour rompre la monotonie. Lau a refusé de participer au partage des fonctions diverses qui nous incombent. Préparation des repas, entretien des locaux, vaisselle, ménage. Il prétend garder ses forces pour de plus nobles besognes. Aucun de nous trois n'a osé lui faire de remarque. Je suppose que Mar a procédé seul à l'intendance avant que nous arrivions. J'ignore comment ils fonctionnaient lorsqu'ils étaient quatre. Mar a l'air soulagé, reconnaissant presque, de notre présence et de notre aide. Les seules missions que Lau consent à remplir sont la veille de nuit et l'inspection du Mur. Chaque matin, il grimpe dans le fourgon et ne revient que des heures plus tard. Syl l'a accompagné avant-hier, afin d'être formé au maniement de l'engin et découvrir notre environnement. Il en est revenu très enflammé. Il avait vu ses premières Brutes, au loin, et n'en revenait pas d'une telle découverte. Il était heureux aussi d'avoir pu conduire sur le chemin du retour. Bien sûr qu'il a ressenti la même émotion que moi, cette impression d'être utile à autre chose qu'à récurer les toilettes. Nous sommes des guerriers. La simple vue des monstres suffit à nous rappeler que le combat est possible, que nous sommes à notre place. Il semble, néanmoins, que les Bêtes ne représentent pas le danger dont nous rêvions. Il enrage, comme moi, je le sais, de ne pouvoir prouver sa valeur, se livrer à ce pour quoi il est fait, la guerre. Attendre nous ronge les sangs. Nous sommes nés pour l'action.

Le bruit d'un moteur au loin. Aujourd'hui est jour de ravitaillement. Syl est de poste de surveillance au mirador. Mar et moi guettons l'arrivée du camion en conversant. Il se révèle un camarade agréable et je m'en veux d'avoir douté de sa foi envers la Matrie. Il est toujours bien disposé, d'humeur égale. Il raconte volontiers des anecdotes de son passé à l'Académie. Tant que Lau n'est pas dans les parages. Il se renferme alors. Je crains que ce dernier ne lui ait fait subir des brimades dont j'ignore la nature lorsqu'ils ont été seuls. Mar le redoute, c'est certain.

Le camion se gare dans la cour. L'homme qui en descend est taciturne. Malgré mes questions, il élude et refuse de dire quelle route il a parcourue dans la matinée jusqu'ici, le nombre d'arrêts aux autres casernements sur sa tournée. Il ne nous apporte aucune nouvelle de l'intérieur des terres. J'arrive seulement à lui extorquer qu'il est chargé dans une ferme au nord-ouest, et longe ensuite le Mur pour dispenser sa marchandise tous les cinquante kilomètres. Il ne sait rien des troupes campées à l'arrière du front. Il ne sait rien au sujet d'attaques éventuelles. Il ne sait rien des actualités qui touchent la Matrie. Il ne sait rien.

Nous déchargeons les malles contenant victuailles et linges. Nous déballons leur contenu et rangeons les vivres à leur place, ainsi que les divers produits pour le ménage. Nous trions le linge selon les tailles de chacun. Je porte à ma chambre mes uniformes et sous-vêtements propres. Je range ses affaires dans l'armoire de Syl. Lorsque j'ai terminé, de retour dans le couloir, je me rends compte que Mar s'active dans la chambre de Lau. Il a ouvert le vasistas et termine de faire son lit. Je lui en veux de se laisser ainsi maltraiter sans réagir. Je m'apprête à lui faire une réflexion à ce sujet puis renonce. Leur relation ne me regarde pas. Il m'adresse un regard que je ne sais déchiffrer. Est-il soucieux ?

— Ça va ? je lui demande.

— Bien sûr. J'ai fini. Tiens, si tu veux, on peut faire nos examens médicaux. Je profite de la venue du livreur pour procéder à mes analyses, ça m'évite d'oublier. J'en parlerai à Syl tout à l'heure.

C'est judicieux de sa part. Collecter des données sur notre état de santé nous permet de confirmer que nous sommes aptes à notre mission. Depuis mes six ans, je me plie à l'exercice de bonne grâce. La Matrie surveille de près notre bien-être. Et ici, c'est encore plus nécessaire : un gardien malade ou contaminé est un péril pour toute l'organisation.

Je suis Mar dans la salle de bain. D'un meuble, il sort une trousse dans laquelle se trouvent divers objets de mesure. Température, tension, rythme cardiaque, pesée, IMC, tests salivaire et sanguin. Le corps d'un soldat est une machine de précision. La détection d'un surpoids, d'hypertension, de drogues ou d'alcool signifierait son expulsion de l'Armée. Il inscrit sur un carnet ses résultats, puis les miens, qui sont conformes aux normes. En jetant un œil sur ses notes, je m'aperçois qu'il n'y a aucun chiffre en face de la colonne concernant Lau. Je m'en étonne auprès de Mar.

— Il refuse de se soumettre aux examens. Il dit qu'il va très bien. J'ai essayé de le convaincre. J'ai renoncé devant son agressivité.

Refuser d'obéir aux règles fixées par la Matrie. Je suis horrifié rien qu'à l'idée qu'on puisse imaginer une telle chose. Nous sommes censés nous surveiller mutuellement, ainsi qu'il est naturel dans toute société avancée où prime le collectif. Seuls, nous ne sommes rien. Nous n'existons que parce que nous sommes la partie d'un tout. L'individualisme est le danger suprême. Il vise à détruire la communauté. Un homme qui répugne à se soumettre au contrôle obligeant de ses pairs est un grain de sable dans le rouage. Le rejet de ce système fondamental est la porte ouverte à toutes les vilenies. Nous vivons dans l'harmonie parce que nous veillons les uns sur les autres. Cela prévient les fraudes, les vols, les meurtres. J'avais l'impression que Lau présentait un embonpoint visible, qu'il s'arrangeait pour manger de plus grandes quantités que nous. J'en ai quasiment la preuve à présent. Le laisser faire est un délit. Si nous entrons dans son jeu, nous sommes coupables, passibles d'une sanction. Peut-être que Lau est porteur d'une maladie qui menace toute notre équipe. Peut-être qu'il est trop faible pour combattre. Je ne peux laisser faire ça.

— Mais ça veut dire que tu ignores si Lau représente un danger. Ou s'il engloutit des portions de nourriture plus importantes qu'il ne devrait. À notre détriment. N'es-tu pas censé informer le Commandement de son insubordination ? C'est très grave !

— Et quoi ? Tu vas dire à Lau que c'est fini, on ne joue plus ? J'ai essayé au début, crois-moi. Je l'ai même dénoncé. J'ai envoyé mon rapport sur son manquement aux règles. Je n'ai obtenu aucune réponse. Je sais qu'ils reçoivent nos messages. S'ils ne nous parlent jamais en direct, ils savent nous réprimander lorsque nous tardons à envoyer nos données, par exemple. Une fois, ils nous ont privés d'une partie de nos denrées. Et là, rien, aucune réaction de leur part. Qu'est-ce que je suis supposé faire ?

Je ne sais quoi répondre. Je demeure pétrifié un moment. Effectivement, si le Commandement est resté muet à sa plainte, je ne vois pas quelles autres mesures nous pouvons appliquer pour forcer Lau à respecter la loi. Un tel comportement m'inspire un dégoût incommensurable. Et le silence de la Matrie de détestables doutes.

— Je vais leur écrire, de mon côté. On verra bien.

Dans la salle de garde, je tape mon nom sur le terminal devant moi. Le système de messagerie que nous utilisons est très perfectionné. Il est relié directement et uniquement au Commandement. Seuls les militaires ont accès à cette technologie. C'est un honneur dont nous avons appris à nous servir avec parcimonie. L'écran s'illumine. Un clavier virtuel apparaît. J'écris : « *Je tiens à vous signaler qu'un de mes coéquipiers, le soldat Lau 2, deuxième fils de Laura Thesa Margot Elie, a un comportement suspect et refuse de se soumettre à l'examen médical officiel. Que dois-je faire ?* »

Je clique sur « envoyer ».

J'attends quelques minutes.

Rien. Le terminal demeure muet.

Dans mon dos tout ce temps, Mar pose sa main sur mon épaule. Il m'a surpris. Je sursaute.

— Tu vois ? On dirait bien que ça ne les intéresse pas.

*

Nous déjeunons dans un silence pesant. Je me pose des tas de questions. J'ai l'impression que Lau me dévisage sans cesse. Comme s'il savait que je l'ai dénoncé. Je m'efforce d'afficher l'air le plus innocent possible mais je transpire et ne trouve rien à dire.

Dès le début d'après-midi, je me précipite en haut de la tour de guet. L'horizon est dégagé. Sans la moindre trace de Brutes, sans le moindre mouvement. Je ne sais si je dois m'en réjouir. Lau n'a rien constaté de suspect lors de sa ronde matinale, lui non plus. M'abîmant les yeux à détailler chaque parcelle au loin, ma raison s'égare. La Matrie a refusé de répondre à mon appel. Personne ne nous tient au courant de rien. Je suis ici pour me battre contre un envahisseur qui demeure invisible. M'aurait-on envoyé au mauvais endroit ? Si ça se trouve la Matrie a été attaquée, les Bêtes ont uni leurs forces et ont percé le Mur à quelques encablures d'ici et je n'en sais rien. Non. Je ne peux contester ni sa clairvoyance ni sa puissance. Je mériterais une sévère réprimande si l'on pouvait lire mes pensées.

Je me ressaisis. Ces idées nauséabondes doivent être chassées de mon esprit. Douter peut rendre fou. Je n'ai pas appris à douter. Le doute est comme l'ennemi, fourbe, destructeur. Penser positif. Je suis ici pour affirmer la grandeur de la Matrie, la consolider. J'ai été choisi pour la plus noble des tâches et je vais m'y tenir. Je suis au bon endroit. Reste à attendre le bon moment. Il ne saurait tarder. Quant à Lau, j'ai fait mon devoir en signalant son comportement. Si je n'ai pas le courage de l'affronter, autant me taire. Cette affaire ne me regarde plus. Si je suis choqué de son manque de coopération, j'avoue que je l'envie. Il a une haute estime de lui-même.

Comment l'en blâmer ? La Matrie a sûrement pour lui des desseins plus grands que les nôtres. Chaque mystère a une justification. Je dois lui faire confiance.

# 4

Enfin, de l'action !

Mar a déclenché l'alerte. Pour notre treizième jour, nous allons combattre. Armés de nos fusils, nous grimpons, Syl et moi, en haut du mirador. L'excitation fait trembler mes membres durant l'ascension. Je retrouve tous les réflexes acquis lors des entraînements. Je ne pense plus. Une marche de l'escalier de bois après l'autre. Vite. Plus vite.

Nos deux camarades sont déjà en place quand nous prenons nos positions. Ils observent la Brute qui s'avance à quelques mètres de la tour. Je n'en avais jamais examinée de si près. Vue d'en haut, elle n'est pas terrifiante, même si sa tête hirsute est assez répugnante. Son aspect général a de quoi dégoûter. Sale, velue, à la peau sombre. Elle nous a remarqués et s'approche malgré tout. Sa taille est imposante. Elle doit faire près de deux mètres. Elle est seule. Quel instinct suit-elle qui la pousse à venir si près de ses ennemis ? Il faut bien qu'elle soit stupide de penser qu'elle pourrait s'attaquer à quatre hommes armés. L'adrénaline fait battre mon pouls dans ma gorge. Je sais que je ne risque rien. Elle ne peut pas grimper contre la paroi lisse. Elle ne pourrait jamais sauter assez haut pour nous atteindre. Accoudés contre la balustrade, les uns contre les autres, nous maintenons nos fusils braqués sur elle. Elle fait trois pas de plus. J'ai beau sonder les environs, je n'en vois pas d'autres. Ma déception grandit. Je voudrais qu'il en vienne plus. Qu'elles lancent des cordes à l'assaut du Mur. Que la guerre commence ! Elle se contente de se mouvoir lentement dans notre direction. Lève la face vers nous. S'apprête à pousser un cri.

— C'est toi le plus près ! Vas-y, dégomme-le ! me hurle Lau.

— Mais tire, qu'est-ce que t'attends ? renchérit Syl.

J'arme mon fusil, vise. J'ai sa tête en ligne de mire. Le cœur cognant dans mes tempes, je fais ce pour quoi je suis là. Galvanisé par les encouragements de mes compagnons, dans un état semi-conscient, j'appuie sur la détente.

La balle qui la touche coupe son crâne en deux. Des morceaux de sa cervelle s'envolent et retombent sur le sol dans un bruit mat. Elle s'effondre en arrière. L'écho du coup de feu se prolonge un temps, puis s'éteint. Je suis un tueur de Bête.

Les applaudissements de Lau, les cris de joie des deux autres me font retrouver mes esprits. Goût de métal dans la bouche. Je viens de tuer ma première Brute, mon premier ennemi. Je viens de tuer pour la première fois tout court. Tout fait sens. Mes années de formation, mon statut de militaire. N'empêche. Un soupçon de je ne sais quoi me retient de complètement me réjouir. Le peu de panache de la scène. Sa facilité. Quatre hommes armés en haut d'un mirador contre une Bête, une seule. Je suis fier, et déçu. Les batailles auxquelles je me destinais supposaient plus de bravoure.

Syl me saisit aux épaules, me secoue. Son enthousiasme me réconforte.

— Comment tu te sens ? Mar me demande.

— Je sais pas trop. Surtout étonné, je crois. Je ne m'attendais pas à ça. À l'Académie, on nous a appris le combat rapproché, l'affût, la lutte au corps à corps…

— Ouais, ben nous, on s'adapte. On pratique l'extermination préventive, me coupe Lau. Pas besoin de prendre des risques inutiles. On voit une Brute, on la bute, point barre. Ah, c'est sûr, si l'ennemi était humain, on appliquerait peut-être d'autres méthodes. Mais ami ou ennemi, il y a pas un être humain qui se soit pointé dans le coin depuis des années. Ils sont tous morts. Les Brutes les ont bouffés, ou leur ont transmis un virus mortel, j'en sais rien. Il n'y a que des Bêtes qui s'approchent. T'as vu comme celle-là se dirigeait droit sur nous ? Y a pas d'autres explications. Elles sont attirées par notre chair, notre sang.

Je regarde le cadavre à quelques pieds en-dessous de moi. J'ai fait ce qu'il fallait. Même si elle n'avait aucune chance de nous atteindre, pourquoi tenter le diable, en effet ? Une morsure de cette chose tue à tous les coups. Peut-être peuvent-elles inoculer aux humains une horrible maladie à distance. Qu'est-ce qu'on en sait ?

La vue de la masse crasseuse étalée dos contre terre me ragaillardit. Un nuisible en moins. Envers lequel je n'éprouve rien. Les Bêtes ne ressentent ni la peur ni la douleur, pourquoi ne pas me réjouir d'avoir fait mon devoir ? Le soldat en moi refait surface. Mes atermoiements se noient dans une vague de satisfaction. Devoir accompli. Quelle est la suite ?

— On la laisse comme ça ? je demande.

— Surtout pas, commente Lau. Leurs cadavres attirent les charognards et elles restent potentiellement dangereuses en se décomposant. Sans parler de l'odeur qu'elles dégagent. Non, le mieux, c'est de les cramer.

Mar déplie l'échelle de corde de l'autre côté du Mur. Fixée au mirador, elle est assez longue pour atteindre le sol. Lance-flammes en bandoulière, il enjambe la paroi et glisse sa ranger dans un barreau, me faisant signe de le suivre. Les degrés sont instables. Collés au Mur, ils laissent peu de prise où poser son pied. Je parviens pourtant à descendre sans encombre. Mar couche les herbes hautes en progressant, formant un sillage dans lequel je me coule. La dépouille n'est plus qu'à quelques mètres de nous.

— Ça serait plus pratique si on pouvait les brûler d'en haut. Mais nos lance-flammes n'ont pas assez de portée, m'explique-t-il. À toi l'honneur, ajoute-t-il, me tendant son équipement.

Je m'empare du lance-flammes. Vérifie que mon compagnon demeure à bonne distance. Ajuste le tir vers la carcasse. Mon index enclenche le mécanisme. Le brasier s'échappe d'un coup. Embrase le corps inerte. Malgré le vent de dos, un relent me parvient. Infect. Nausée. Je recule. Je contemple le feu faire son œuvre. Il lèche la peau avec application. Chaque parcelle de l'épiderme se ratatine sous son action. Il faut attendre un moment pour qu'il ne reste qu'une forme noircie, fumante.

— Et maintenant ?

— L'hiver, on les laisse comme ça. La terre gelée est trop dure à creuser. Mais le reste du temps, le sol est sablonneux, facile à fouiller. Hé, crie-t-il à l'adresse de Lau resté à nous observer de son perchoir, balance la pelle !

La Brute ensevelie, nous nous apprêtons à remonter. Je me retourne pour considérer la tombe. D'autres amas de terre jonchent le sol de loin en loin. C'est donc ça la guerre. Si simple. Je ne me suis pas senti aussi utile depuis longtemps. Mar me précède dans l'ascension. Parvenu au sommet, je relève l'échelle. Je suis fatigué et serein.

*

Notre dîner s'achève. Sans doute sous l'effet de l'action, nous avons mangé de bon appétit. Sans doute grâce à la plénitude du devoir accompli, nos esprits sont à la joie, l'ambiance est détendue. Pour un peu, je serais satisfait de partager mon repas avec une telle équipe, heureux de ce sentiment de camaraderie qui semble vouloir nous lier.

Lau a bâfré une grande quantité de nourriture. Je ne lui en veux même pas de ne pas veiller à se rationner. Il finit d'avaler ce qu'il a dans la bouche, qu'il essuie d'un revers de manche, s'étire, bras tendus, sur sa chaise, et lâche :

— Manquerait plus qu'une petite femme pour nous tenir compagnie. J'en ai connu, dans le temps, des pas farouches, qui savaient amuser le soldat…

— Comment oses-tu ?

Je ne peux réfréner ce cri de révolte. Je suis sous le choc. Comment cet être vil peut-il ainsi insulter nos mères ? Ses insinuations sont une telle ignominie ! Prétendre que des femmes puissent se rabaisser à se soumettre ! Sous-entendre que des militaires se soient livrés à des jeux sexuels pervers ! Je n'ai jamais entendu proférer une telle indécence. Je n'avais même jamais pu imaginer une telle absurdité répugnante. Ses propos sont contraires à tous nos sacrements, contraires aux fondements mêmes de notre Matrie. Depuis toujours la guerre est là, depuis plusieurs générations. Lau, malgré son âge avancé, n'a pas pu connaître un autre état de fait. La Matrie n'aurait jamais permis que la vie de femmes soient mise en péril en les laissant approcher de champs de bataille. Les femmes sont sacrées. Depuis la génération de Viga, la mère d'Alba, nos sœurs, nos mères, nos tantes sont détachées de toute autre mission, hormis celle de créer des vies. Apprendre à lire est superfétatoire face à un tel miracle. La transmission des savoirs nécessaires, quand ils ne sont pas instinctifs, se fait oralement, de femme à femme. Alors que les garçons sont conduits dans des centres éducatifs à six ans, les filles demeurent avec leur mère jusqu'à ce qu'elles accouchent à leur tour. Elles choisissent leurs amants, sans distinction d'âge, de parenté, sans entrave. Elles sont encouragées à s'accoupler le plus souvent, le plus jeune possible, et aucun homme n'a droit de regard sur sa progéniture dans la mesure où la multiplication des rapports sexuels empêche de nommer père tel amant ou tel autre. Pour lever toute ambiguïté, les femmes en âge de procréer portent les cheveux longs, jusqu'à la taille. Les autres, trop jeunes, trop âgées, ou infertiles ont obligation de les couper aux épaules. Les garçons ont le crâne rasé dès leur tendre enfance. Aucune déviance n'est tolérée. Les deux sexes vivent côte à côte et non plus ensemble. L'amour est partout, n'appartient à personne et aucun être n'en est privé. Chacun bénéficie de l'affection de sa mère et de celle de la Matrie. L'amour enfin, est libre et l'égalité règne, parce que règne la sororité. Nous, garçons, ne sommes que les fils de nos mères. Les filles se voient attribuer un nom à leur naissance, auquel on adjoint ceux de leurs ascendantes, jusqu'à celui de leur arrière-grand-mère. Une fille sait toujours qui elle est, d'où elle vient. Un garçon est dénommé d'après sa mère.

— Tais-toi ! je continue à hurler. Et je crie en lui récitant ce passage du *Guide* que nous connaissons tous : « *Les garçons sont formés dès six ans dans la perspective de satisfaire aux besoins des femmes, sans jamais savoir si leur graine germera dans un ventre.*

*Ils ne doivent accomplir l'acte sexuel que dans le but de procréer, jamais pour leur unique plaisir. La propriété, l'héritage, et par là même la jalousie n'existent plus. Forcer une femme au coït est puni de la peine capitale, tout comme la frapper.* » Je devrais te tuer pour oser profaner la Matrie !

Sans m'en rendre compte, je me suis levé et domine un Lau affalé sur son siège, stupéfait par la véhémence qui m'anime. Il n'ose bouger. Mon poing partirait dans sa face plus vite qu'un battement de ses cils. Il me dégoûte et je le trouve soudain si petit, insignifiant. Il n'est rien. Aucun homme n'est rien. Bien sûr, il est costaud, formé au combat. Mais comment ne pas deviner, sous cette apparente puissance, les insuffisances de notre sexe ? Les femmes sont beaucoup plus fortes que le plus invulnérable des mâles. Cette évidence m'apaise. Les images d'Alba et Celia se greffent dans ma mémoire, leur sérénité manifeste, le bonheur irréfutable se lisant sur leurs traits, d'être ce qu'elles sont, par essence, ne laissent pas de place à l'incertitude. L'idée de Matrie a été une révolution. Portée par les femmes, les libérant d'un patriarcat avilissant, la transformation a été décrétée, appliquée sans violence, dès la fin de la guerre civile. Le pays était exsangue. La population était passée de cinq à trois millions et demi de personnes. Il fallait rebâtir, partir sur de nouvelles bases. Trouver assez de forces pour continuer la guerre qui se poursuit toujours contre les Brutes. Stopper coûte que coûte l'invasion de nos frontières. Mes ancêtres ont dû se mettre au travail. Tous ont fait don d'eux-mêmes. Les hommes ont assuré les tâches rudimentaires, les femmes le repeuplement, garantissant plus que notre survivance, notre avenir.

Je ne doute pas. Vilona a-t-elle douté ? Pas une seconde ! Ses mots révolutionnaires, inscrits sur le socle de sa statue, incarnation de notre cité, imposante figure trônant sur la Grand-Place, me reviennent à l'esprit. « *Je fais don de mon corps à la Matrie. Je serai la matrice, et nous le serons toutes, qui lui offrira les enfants indispensables à sa survie. Mon existence ne compte que parce que je peux me multiplier.* » Quelle abnégation ! Qui a mené à l'avènement de l'harmonie communautaire telle que nous la connaissons. Sans toutes ces femmes, dont Viga ma grand-mère, pionnière elle-même de la première génération, nous n'existerions plus.

Le silence se fait. Les trois autres me regardent, interdits, se demandant ce que je vais faire. Je me rassois. Je sais détenir la vérité. Je me calme. Je jette un regard noir à Lau qui n'ose rien rétorquer. Il a compris, pour l'instant. Ça ne durera pas. Il est trop stupide. Quelle faute ai-je donc commise pour que la Matrie m'impose sa compagnie ?

# 5

Août. Que dire ? La chaleur de l'été est telle que je rêve de décembre. Même la nuit, les températures ne descendent guère en-dessous des 25 degrés. Le peu de repos que la canicule nous octroie rend notre humeur irritable. Cela fait quelques jours que cela dure et le ciel reste clair, sans le moindre nuage annonciateur d'une pluie bienfaitrice. Je ne me souviens pas d'avoir jamais été à ce point écœuré de soleil. Contrairement aux bâtiments de notre Académie militaire, à Vilona, notre casernement ici, avec ses murs minces et son toit de tôle, n'offre aucun répit. Dans nos combinaisons de toile, nous étouffons. Seul Lau exhibe son torse nu. Nous n'avons pas osé, comme lui, déboutonner nos cols, nous débarrasser de ce tissu trempé qui colle dans notre dos. Il a noué les manches de son uniforme sur le devant, au niveau de la taille. Sans doute a-t-il raison. Je ne sais ce qui nous pousse à conserver un semblant de tenue dans cette fournaise. Peut-être la vue de Lau, justement. Il sue abondamment, ses aisselles ruissellent. Ses efforts pour tenter de se rafraîchir, en plus d'être vains, rendent son allure indigne de notre rang. Que dirait-on si l'on nous voyait dépenaillés de la sorte ? Assis à ses côtés, ce matin, lors de notre inspection, j'avais honte. Un regard extérieur l'aurait pris pour une Brute au volant du fourgon. Quelle vision obscène, pathétique. J'ai prié, contrairement à mon habitude, pour que les miradors soient déserts. Ma prière a été exaucée.

Nous sommes rentrés tôt de notre tour de surveillance. La journée va être longue. La salle de garde est une étuve. Tout le campement suffoque. À l'extérieur, il n'y a pas un souffle d'air. Pas un arbre pour nous faire de l'ombre. Dans ces conditions, hors de question de s'agiter. La pratique d'exercices physiques est inenvisageable.

Écroulés sur nos chaises à la table de la cantine, nous attendons l'heure du déjeuner. Je doute qu'aucun de nous n'ait faim, mais c'est une activité comme une autre pour passer le temps. Je n'appréhende même pas une attaque de Brutes. Elles doivent comme nous être occupées à survivre en s'économisant.

C'est rare que nous nous retrouvions tous les quatre inactifs au même moment. Hormis quand nous prenons nos repas. D'ordinaire, Lau parle peu, concentré à enfourner la nourriture, la mâcher sans se soucier de fermer la bouche. Face à ce public captif, inespéré, il a décidé ce jour de nous raconter sa vie par le menu. Nous connaissons ses histoires. À tour de rôle, Mar, Syl et moi avons déjà eu droit à maintes reprises au déballage de ses exploits passés. Au début, j'ai été impressionné par le récit de son existence trépidante, comparée à la mienne. Il est en âge d'être notre père et a vécu diverses expériences forçant le respect. Avant son affectation au Mur, concédée en récompense d'années de lutte contre les Brutes, il a participé à plusieurs batailles historiques qui m'ont été relatées en classe. Celle de la Liberté, notamment, où nos troupes ont triomphé, bien que nos assaillants aient été trois fois plus nombreux que nos soldats. Cette victoire reste l'une des plus remarquables depuis l'avènement de la Matrie. Elle a eu lieu à une centaine de kilomètres d'ici, plus à l'ouest. Beaucoup de Matrides ont fait don de leur âme ce jour-là. Lau a assisté à l'agonie de plusieurs de ses camarades. Il a conservé des cicatrices, qu'il m'a montrées, de ce combat. Comment ne pas éprouver une immense gratitude envers de tels hommes face à une si grande abnégation ? Comment ne pas l'envier d'avoir vécu de telles aventures ? Comment ne pas se lasser de l'entendre ressasser ses prouesses fanées ? Aujourd'hui, je crois que c'est la sixième fois qu'il nous conte le même récit. Nous sommes abrutis de fièvre et lui s'enflamme de ses faits d'arme. L'excitation le fait transpirer. Le respect que j'éprouvais pour lui s'éteint. Je ne vois plus, face à moi, qu'un vieux soldat sans plus de guerre à livrer. Syl et Mar ont l'air hébétés eux aussi. Difficile de lire quoi que ce soit dans leur regard éteint, mais nous nous sommes déjà moqués des radotages de Lau, dans son dos, alors j'imagine qu'ils ressentent le même ennui que moi.

Il n'est que onze heures, à peine. Le temps s'est arrêté. Une goutte de sueur dégouline le long de ma tempe gauche. Je ne fais pas un mouvement pour l'essuyer. Il me semble que le silence me permettrait de penser, m'évader de ce lieu où Lau nous retient de son baratin. Il me semble même qu'il ferait moins chaud s'il se taisait. S'il pouvait la boucler… Il en est au passage le plus héroïque. Il hausse le ton pour évoquer les cris de ses frères, les hurlements des Bêtes. Il gesticule sans se soucier de nos mines accablées. Et quand il en arrive à sa scène favorite, quand il reprend son souffle, brandissant une épée imaginaire à l'assaut des monstres, et commence à déclamer « Je suis prêt à mourir pour venger nos… » Syl, d'une voix morne l'accompagne d'un « … martyres » et termine sa phrase au même rythme que lui. Lau en est sidéré. Plus un bruit pendant quelques secondes. Puis celui de notre hilarité. Je me bouche le nez, ne parvenant qu'à comprimer le fou rire qui m'étreint pour l'expulser de mes narines avec plus de force. Mar et Syl se tortillent, incapables de se contenir.

Malgré nos seize ans, nous sommes des enfants.

Lau est vexé. Fait semblant de ne pas l'être. D'un geste brusque, il se sert un verre d'eau et le boit d'un trait, les yeux clos. Quand il les rouvre, son regard est terrible. Il nous dévisage tout à tour, intense, féroce. Notre euphorie disparaît d'un coup. J'aspirais au silence, me voilà bien puni. Je m'en veux, un peu, de m'être gaussé de ce vétéran enfermé dans son lustre d'antan. Je redoute sa réaction, surtout, et son courroux futur. Son mutisme fait s'abattre une tension que l'on pourrait presque toucher du doigt. J'en viens à regretter l'humeur neurasthénique dans laquelle je me noyais seulement quelques minutes auparavant. Je ne trouve rien à dire, rien à proposer qui pourrait détendre l'atmosphère. Syl nous sauve d'un embarras s'éternisant. Quand il suggère une partie de dominos, Mar et moi manifestons bruyamment notre enthousiasme. Les jetons partagés, posés devant nous, je me demande si l'idée était aussi bonne qu'espérée. Lau ne décoche pas un mot. Il avance ses pièces avec fracas. Les jette plus qu'il ne les place à la suite des nôtres. J'aimerais qu'il gagne. Ça n'en prend pas le chemin. Soit il joue très mal, soit, ainsi qu'il le prétend, il manque de chance, contrairement à nous. Bientôt il insulte Mar. Puis c'est au tour de Syl de se faire rabrouer. Quand vient mon tour, mon ultime domino s'emboîte contre ma volonté dans le jeu et je remporte la partie. Lau renverse la table et sort. Il y a fort à parier que nous ne jouerons plus.

# 6

« *Notre leader a entendu la colère. Il n'a fait qu'incarner le peuple, la multitude n'aspirant qu'à l'unité, durant la période transitoire, avant l'avènement de la sagesse. Quitter la Fédération était la seule option possible. Nous n'avions que faire de leurs résolutions, de leurs injonctions à nous plier à des règles dont nous ne voulions pas. Nous étions ceux qui subissions l'invasion. Personne ne nous aidait à endiguer le flot. Tous détournaient le regard, trop heureux de n'avoir pas à subir le même sort. Notre leader a soufflé sur les braises de la révolte. Par sa bouche, le peuple a dit Non. Il a dit Assez. Il a dit Plus jamais.* »

Je referme *Le Guide*. Je passe de plus en plus de temps à en faire la lecture, seul, dans ma chambre. J'en connais des passages entiers, ceux que je préfère, qui racontent les épisodes héroïques de notre histoire. L'exercice me galvanise autant qu'il m'apaise. J'aimerais pouvoir le réciter en entier. Focaliser mon esprit sur ses pages m'aide à passer le temps.

Mes aïeux ont eu tellement raison, contre leurs alliés de l'époque, de nous isoler et de se retirer de la Fédération. Si ces couards sont tous morts, tant pis pour eux ! Durant des années, nos dirigeants avaient demandé du secours face à l'invasion incontrôlable de ce que l'on pensait encore être des hommes. Il en venait toujours plus, qui s'installaient dans nos villes, semant le chaos. L'insécurité avait progressé partout. Ces hardes volaient, violaient, tuaient. Ils s'exprimaient dans une langue étrange, refusaient toute contrainte. La Fédération refusait de voir. Les envahisseurs n'étaient pas comme nous. Ils paraissaient dénués de toute raison, agissaient à l'instinct, suivaient leurs envies bestiales sans chercher à communiquer. Nous vivions dans la peur. Puis, la fureur de notre peuple nous a guidés. Des groupes de citoyens ont commencé à s'armer et à se défendre. Notre Leader a été élu, poussé par ce mouvement de masse. Il a encouragé le courroux. Des décisions ont été prises, conspuées par le reste du monde. Des camps ont été bâtis pour regrouper les envahisseurs étrangers. Des fusils ont été distribués pour forcer l'ennemi à intégrer des baraquements, où l'on pensait le maîtriser. Cela n'a pas suffi. Nous devions faire face à beaucoup d'évasions. Les nourrir, les loger coûtait cher. On ne parvenait pas à contenir la vague débordante de nouveaux arrivants. D'où venaient-ils ? Par-delà les frontières du monde. Qu'est-ce qui les poussait à quitter leurs terres originelles ? La faim.

Puis on a compris. Grâce à l'acharnement de nos chercheurs à trouver les raisons de leur comportement sibyllin. Grâce à une découverte scientifique majeure, plaidant notre cause.

Si ces hordes refusaient de s'intégrer, de participer à l'effort collectif, c'est qu'elles en sont tout bonnement incapables, de par leur nature même. Nos érudits en génétique l'ont prouvé. Malgré leur apparence, plus grossière certes mais très semblable à la nôtre, ces créatures ne sont pas humaines. Leur génome présente une infime différence qui les place définitivement entre l'animal et l'homme. Elles sont des sortes de singes. Apparentées aux sagouins génétiquement, ayant muté pour s'approprier des caractéristiques physiques humaines. Des Brutes, des Bêtes. Incivilisables. Le chaînon manquant. Elles n'ont pas le même métabolisme que nous. Leur gestation est plus courte et elles ont plusieurs petits par portée.

De là, tout est devenu clair. Médicalement débiles, impuissantes à construire, cultiver, mais seulement aptes à chasser, voler, se multiplier, elles ont épuisé leurs propres ressources, dévoré tout ce qui était comestible là-bas et, victimes de leur taux de reproduction exponentiel, ont entrepris leur migration pour se retrouver ici, où la nourriture abonde. D'où le grand danger qui nous guettait. Nous serions, à plus ou moins court terme, condamnés à crouler sous leur nombre. Notre civilisation serait anéantie rapidement. Elles saccageraient nos récoltes. Les bouches à nourrir seraient vite si nombreuses qu'il ne resterait rien. Elles prendraient notre place, détruisant nos valeurs. Il en allait de notre survie.

Dès lors, il n'a plus été question de compassion à leur égard, de haine non plus. Elles étaient nuisibles comme des nuées de sauterelles. Il a fallu des mois pour s'en débarrasser. Par le feu le plus souvent. Moyen efficace qui nous garantissait en plus de détruire les bactéries et virus qui infestaient ces Bêtes et risquaient de contaminer notre population. Les fumées incendiaires ont assombri notre ciel jusqu'au centre de nos terres. Les nouvelles venues étaient faciles à identifier. Mais comment être certains que nous n'avions pas été bernés lors d'invasions antérieures ? Que des Sauvages n'étaient pas là depuis des années ? Évidemment, nos deux races sont incompatibles. Malgré les viols, aucun être bâtard n'avait heureusement pu survivre au-delà de quelques jours. Ces Brutes n'avaient pu souiller la pureté de nos femmes. Mais il pouvait se trouver quelques scélérates assez malignes pour s'être fait oublier. Celles-là nous ont facilité le travail, se sont désignées d'elles-mêmes en se rebellant face au nettoyage, défendant leurs congénères. Dans sa grande bonté, notre peuple les a invitées à quitter le pays. Dans leur entêtement, certaines ont rejoint le brasier.

Il s'est trouvé des opposants à ce traitement jugé cruel, au sein même de notre peuple, des concitoyens traîtres à notre race. Ils se sont exilés, rejoignant la Fédération et son cortège de lâches. D'autres ont prétendu défendre la cause des Brutes par les armes. La guerre civile a duré deux longues années. Beaucoup ont péri, dans les deux camps. Mais nous avons gagné et notre victoire a vu l'avènement de la Matrie. Quand l'assainissement a été effectif, qu'il n'est plus resté d'adversaires ni de Bêtes sur notre sol, nous avons dû nous prémunir contre l'invasion qui se perpétuait. C'est du nord qu'il en venait et en vient toujours le plus. Là où je me trouve. Le Mur est notre rempart contre la barbarie. Je regrette de n'avoir pas vécu à cette grande époque. Exaltante sans aucun doute.

Trois mois tout juste depuis notre arrivée. Les jours défilent en un éternel recommencement. Ils se ressemblent tant. Je comprends à présent pourquoi Mar s'acquitte de si bonne grâce des tâches ingrates. Ce que je prenais pour de la soumission s'avère en fait un choix délibéré de s'occuper. Une façon de meubler les heures. Récurer les toilettes est une activité infiniment plus noble que ne rien faire. L'oisiveté ne me sied pas. Je ne saisis pas comment Lau peut demeurer désœuvré pendant d'aussi longs moments. Il ne consent toujours qu'à inspecter le Mur et prendre son tour dans la salle de contrôle. Je ne l'envie pas.

Surveillance en haut de la tour. Confection des repas. Entretien des bâtiments. Quarts de nuit. Inspection du Mur. Ecobuage de la bande de terre qui entoure le casernement. Sommeil. Nous rompons la monotonie en nous épuisant d'exercices physiques. Courses, pompes, abdos, combats de lutte. Tout est bon.

Tous les matins, je grimpe dans le fourgon jusqu'aux miradors d'ouest et d'est. Syl et Mar préfèrent rester au casernement. J'ignore pourquoi ils se privent de ce qui demeure pour moi une bouffée d'air quotidienne. Peut-être parce que Lau s'est réservé cette mission d'office et qu'ils ne tiennent pas à faire le voyage seuls avec lui. Je ne recherche pas spécialement sa compagnie, mais l'éloignement de notre baraque me fait du bien.

Aujourd'hui comme hier, j'espère. Assis à côté de Lau, dans l'habitacle du fourgon, je bous d'excitation, j'écume de frustration que nous ne puissions aller plus vite. Il y a deux jours, une idée m'est venue. J'ai noté un mot sur une page de carnet. Puis, un second. « Je suis Alb 3. Gardien du Mur, dans la section à l'est de votre position. Retrouvons-nous chaque jour à 9 h 00 pour échanger sur notre situation. » J'ai glissé la feuille dans l'encoignure de la porte fermant les escaliers couverts menant au sommet du mirador de l'ouest. J'ai réitéré l'opération à la seconde tour en décalant l'heure de rendez-vous de deux heures. Je me suis senti mieux d'avoir agi. Lau s'est moqué de moi mais m'a laissé faire. Le fait qu'il n'ait plus vu les Gardiens des autres casernes depuis des mois ne le tourmente pas. Je lui ai proposé de poursuivre notre route pour leur rendre visite. Il a refusé, prétextant que ce n'était pas dans nos attributions et que nous serions punis. Je ne sais pas ce que j'attends de cette rencontre mais mon cœur est rempli d'espérance à l'idée de faire connaissance avec de nouveaux êtres humains. J'enrage de n'avoir de nouvelles ni du front ni des bases arrières. Je rêve d'entendre des voix inédites. Tous les quatre ne trouvons déjà plus grand-chose à nous dire. Nous tournons taciturnes.

Arrivé en vue du premier observatoire, mon pouls s'accélère. Cette fois, il y aura quelqu'un qui m'attendra. Ou un mot griffonné sur une feuille de papier coincée dans l'ouverture qui remplacera le mien. Il y a bien un mot. Mais c'est toujours le mien. La pluie l'a effacé à moitié. En écrire un nouveau ? À quoi bon ? Il n'y a que le vent pour en froisser la trame.

Lau hausse les épaules devant mon air dépité. Je grimpe les marches de la tour d'un pas lent. Mes jumelles n'indiquent aucun mouvement aussi loin qu'elles portent. Aucun regroupement d'individus. Pas un animal. Rien. Je remonte en voiture et Lau remet le contact. Nous gagnons le mirador de l'est sans plus d'illusion. Au moins quand j'y parviens, quand j'arrache de l'huis la page de mon cahier, je ne suis pas déçu. Les signes formés à l'encre bleue, appliqués, d'une écriture fébrile ne me font même pas honte. J'étais naïf et enthousiaste. Je chiffonne le message que j'avais rédigé. Il n'est qu'attente trahie. Le déchire par dépit. Les morceaux que je jette flottent un instant dans l'air. Je n'en écrirai pas d'autres.

Je retourne au fourgon sans même être monté en haut de la tour. Lau démarre, direction notre casernement.

Ma mine sombre le fait pouffer :

— T'espérais quoi ? Une réponse à ton petit mot doux ? À ce que nos camarades fassent le planton pour rencontrer ton joli minois ?

— J'en sais rien. Je comprends pas pourquoi on n'a aucune nouvelle des soldats des autres camps. L'union fait la force. La Matrie...

— Mais tais-toi donc, avec ta Matrie. T'as toujours rien compris, hein ? On va crever ici, point barre. Ils s'en foutent bien de ce qu'on fait ou de ce qu'on pense. T'avales tout ce qu'on te dit, pas vrai ? T'as donc pas un poil de jugeote ?

Je n'ose me tourner vers lui. J'ai peur de lire la folie dans son regard. Mon silence semble l'inciter à poursuivre :

— Si je te dis ça, c'est pour ton bien, petit. Plus tôt t'accepteras la situation, mieux tu te porteras. T'as l'air plus futé que les deux autres, mais je te jure, vous me faites marrer, avec votre zèle à tout bien faire comme on vous a appris.

— Nous sommes des soldats. Nous devons obéissance...

— Obéissance à qui ? Tu vois quelqu'un à qui obéir ici, à part toi-même ?

— Je sais très bien ce que j'ai à faire.

— Foutaises ! Tu crois vraiment à toutes ces conneries ? À la grandeur de la Matrie ? À notre solidarité les uns envers les autres ? Personne n'en a rien à foutre de personne, c'est ça la vérité.

— Notre autarcie vient de notre labeur collectif.

— Ah ça ! Pour bosser, on bosse. On en crève même. Mais pas tous, j'en suis certain. Y en a forcément que ça arrange de nous faire trimer comme ça. Des qui profitent de notre servitude d'une façon ou d'une autre, c'est forcé.

— Tu mériterais la cour martiale pour de tels propos.

— Et c'est toi qui va me dénoncer ?

Ses paroles sont lourdes de menace. J'ai hâte d'arriver pour ne plus avoir à supporter son délire.

— Tu te trouves très malin mais t'es pas capable de voir plus loin que le bout de ton nez. T'es jeune, je suppose que c'est normal. Mais je suis pas tout seul à avoir ouvert les yeux. Y a des esprits libres dans ce pays, des gens qui s'organisent pour vivre un peu mieux.

— Tu racontes n'importe quoi.

— Y en a même qui essayent de se tirer, de passer le Mur. Mais c'est comme la mort, personne est jamais revenu pour dire ce qu'il y a de l'autre côté. Il faut vraiment avoir des couilles au cul pour se jeter comme ça dans l'inconnu. Crois-moi, c'est eux les vrais héros.

— C'est impossible. Il n'y a rien, plus rien au-delà des frontières. Que des Brutes.

— Ah ça ! Je te l'accorde, les Bêtes existent bel et bien. J'en ai dégommé assez pour le savoir. Mais y en a presque plus. Tu le vois comme moi. La Guerre est finie depuis belle lune. Si vous avez été affectés ici, Syl et toi, c'est parce qu'ils savaient pas quoi faire de vous, là-haut.

— Nous remplaçons Agn et Kat.

— Ah ! Ces deux-là, parlons-en. Trop idiots pour ne pas connaître leur chance d'être là. Et pas assez courageux pour vraiment sauter le pas, franchir la frontière. Direct dans la gueule du loup qu'ils se sont jetés. Je leur avais dit de rester tranquilles. Ici, on a la paix. Suffit qu'on se plie à une surveillance de base et on peut faire ce qu'on veut. Ailleurs, c'est pire. Je sais ce que je dis. On est nourris, logés, à pas branler grand-chose. On dégomme quelques Bêtes de temps en temps pour s'amuser. Je vois pas pourquoi j'irai prendre des risques inconsidérés en cherchant mieux. Et tu ferais bien de te contenter de profiter, toi aussi. Et d'arrêter de me souler avec tes boniments, si tu veux qu'on reste amis.

Amis. Comment je pourrais être ami avec un renégat ? Jusque-là, je ne savais pas quoi penser de Lau. Héros de guerre, il avait à ce titre droit à toute mon admiration. L'inaction lui a-t-elle rongé le cerveau ? Il me fait pitié en un sens. Et peur aussi. Ses idées sont démentes. Seul un esprit malade a pu les concevoir. J'ai cru un temps qu'il faisait de la provocation, pour se distraire. J'ai même pensé qu'il était un agent spécialisé dans la détection des éléments perturbateurs, qu'il lançait des idées saugrenues pour voir si on adhérait afin de nous signaler au Commandement. Mais il n'était jamais allé aussi loin dans ses divagations. Il s'est construit tout un monde chimérique dans sa tête malade. Il croit à ce qu'il avance. Il est fou.

Nous arrivons enfin. Je quitte le véhicule sans un mot. Gagne ma chambre. Je ne dirai rien à Mar et Syl. L'atmosphère est assez délétère comme ça. J'espère que Lau retrouvera un semblant de lucidité. Je ne sais comment finira notre cohabitation.

# 7

J'ai échoué, malgré ma résolution, à cesser d'accompagner Lau. M'éloigner du campement, prendre l'air quelques heures est nécessaire à mon équilibre physique aussi bien qu'à ma santé mentale. J'ai décliné son offre les premiers jours après ses déclarations loufoques. Puis, j'ai fini par m'alarmer de sa réaction d'homme blessé, et je ne peux supporter de rater cette occasion d'évasion quotidienne.

Depuis, il a arrêté de m'importuner avec ses supputations d'aliéné. Nous nous contentons de cheminer en silence, ou en parlant de rien. Le plus souvent, je grimpe aux miradors tandis qu'il demeure dans le véhicule. La solitude en extérieur nous fait du bien.

— Tu te sens prêt à marcher, mon gars ?

— Marcher ? Pour aller où ?

Lau a coupé le moteur, descend du véhicule. J'estime que nous sommes à environ cinq kilomètres du mirador de l'est. Sur le point, donc, de terminer notre boucle quotidienne d'inspection du Mur. Atteindre la tour. Y grimper. Vérifier l'absence d'une quelconque menace se dessinant dans le lointain. Rentrer. Pour l'instant, nous sommes au milieu de nulle part. Quelle mouche l'a piqué ?

— Bon alors, tu te décides ? Soit tu m'accompagnes, soit tu m'attends. Ça devrait me prendre deux heures, au maximum.

— Mais pour aller où ? je redemande.

— Je peux rien promettre. Mais si tu me fais confiance, y a peut-être une surprise pour toi contre un peu d'effort.

Confiance ? Je n'ai aucune confiance en lui. Je redoute un piège. Mais encore plus de poireauter seul si longtemps. Le soleil sera bientôt à son zénith. Il n'y a, alentour, aucun abri où trouver de l'ombre. L'idée de le laisser en plan et de rentrer sans lui au camp m'effleure. Mais je laisserais sûrement quelques-unes de mes dents à lui faire ce tour-là. Et je dois reconnaître qu'il a excité ma curiosité. Qu'est-ce que je risque, au final ?

Je saute à bas du fourgon. Lau me dévisage, l'air fier de ma décision. Suivant une trajectoire perpendiculaire au Mur, droit vers l'intérieur des terres, il s'enfonce dans les herbes hautes. Je n'ai jamais quitté le sentier. Le terrain est inégal. Notre engin ne pourrait s'y aventurer sans risquer de rester planté dans une ornière. Ces prairies que nous foulons n'ont jamais été labourées, domestiquées. Lau ouvre la marche, sans se soucier désormais de savoir si je suis.

Je suis déstabilisé, au début, de quitter l'asphalte dur. Je me prends les pieds dans les nœuds de racines, me tords les chevilles dans les aspérités du sol, titube comme un nouveau-né. Un pas devant l'autre devient mon unique pensée. Je finis par adopter la cadence efficace de mon éclaireur. Il ne répond à aucune de mes questions. Je renonce à le harceler. J'y gagne en concentration.

Rapidement, je me retrouve en sueur, forcé d'en essuyer les gouttes de mon front d'un revers de manche, les empêchant de me couler dans les yeux. La luminosité est éprouvante, restreint mon champ de vision. Le paysage change à mesure de notre progression. Lentement. Par endroits, la terre se couvre de mousse, prend une teinte moins jaune. Mon cerveau me ment, feint de détecter de la fraîcheur. Je m'empresse de le croire. Nous dévalons des talus, arpentons des collines. Talus, collines, l'horizon est bouché. Nous marchons de longues minutes, quand Lau, enfin, s'immobilise. La main droite en visière, il contemple un spectacle que je ne peux deviner avant de parcourir les derniers mètres pour me placer à ses côtés.

— Ah, vous voilà mes chéries ! il s'exclame.

En contrebas de la butte sur laquelle nous sommes grimpés, s'étendant sur plusieurs acres, se déploient des structures, telles des toiles de tente en plastique transparent, alignées, façonnées par des hommes. Des plantations couvertes par des serres dont l'éclat sous le soleil me force à cligner des paupières. Alentour, aucun bâtiment proche, pas de ferme visible. Le lieu est désert. Même si je n'y connais rien, il semble propice aux cultures. La présence d'un ruisseau rigolant au milieu du champ confirme mon hypothèse. À n'en pas douter, des agriculteurs ont fertilisé des semences, dont je ne peux deviner la nature de là où je me trouve.

— Je les ai repérées l'année dernière, du haut de la tour de guet. Et ils ont recommencé à planter au même endroit il y a quelques semaines. Le plus dur, c'est de deviner quand c'est le moment pour en profiter. On va le savoir tout de suite.

Je n'ai pas le temps de respirer que déjà Lau m'a distancé. Je me précipite dans son sillage.

Les constructions font trois ou quatre mètres de large. Coiffées de bâche translucide, leur hauteur permet de se tenir debout. À l'intérieur, la chaleur est suffocante. Sur deux rangées, de part et d'autre d'une allée, des pieds de végétaux maintenus par des tuteurs s'élèvent vers le ciel. Je ne sais pas de quelles plantes il s'agit. Je ne vois que du vert, des tiges ligneuses.

— Qu'est-ce que c'est ?

Lau fait quelques pas, se baisse, écarte des feuilles sèches. Découvre une boule ronde, d'un rouge profond. Il prélève le fruit, me le tend. L'aspect en est lisse, tendre au toucher.

— Est-ce que c'est une tomate ?

— Ben évidemment. Qu'est-ce que ça pourrait être d'autre ? T'as jamais vu une tomate ?

Non, je n'ai jamais vu de tomate, en vrai, avant qu'elle ne soit changée en soupe, en sauce, réduite en poudre, mise en conserve. La Matrie ne nous nourrit pas de légumes et de fruits frais. Trop difficiles à acheminer. Trop de gâchis à subir. Ils sont transformés dans des usines à proximité puis répartis sur tout le territoire. Par souci d'économie et d'équité.

C'est la couleur qui m'a fait deviner. La petite balle écarlate et chaude, que je porte par réflexe à mes narines, exhale un parfum qui m'est inconnu. D'une douceur bouleversante.

— Allez, magne-toi. Vaut mieux pas traîner, quand même.

L'évidence de ce que nous nous apprêtons à faire me glace soudain le sang.

— Mais, c'est du vol !

Les vols n'existent plus. La Matrie les a éradiqués. En les réprimant sévèrement. Puis en menaçant de les réprimer sévèrement. Nous avons appris. Avons atteint, grâce à ses enseignements, un niveau de conscience qui nous empêche de nous livrer à ce méfait, cette trahison envers la communauté dans son ensemble. Une main coupée. Le présage d'une main coupée. Devenir handicapé, inapte au travail, un paria aux yeux de tous. Subissant la honte, le rejet. Je n'ai jamais vu un être ainsi mutilé. Rien que l'idée me fait frémir. Et l'idée de dérober une richesse destinée à tous me fait horreur. C'est mal. Je panique. J'ai peur de succomber autant que d'être pris.

— C'est pas vraiment du vol, t'affole pas, me rassure Lau. Tu vois bien, la récolte a été faite. On fait que ramasser ce qu'ils ont laissé. Bon, c'est sûr, c'est mieux s'ils nous chopent pas. Alors dépêche.

J'hésite une seconde. Partir en courant me semble l'option la plus raisonnable. Et pourtant. Je me retrouve à fouiller les plants avec frénésie, à la recherche des trésors rouges. J'en trouve un, deux, cinq, que je cueille. Quand je me redresse, Lau en porte une pleine brassée.

Sans un mot, nous voilà bientôt de concert à rebrousser le talus au pas de charge. Il restait forcément des fruits mûrs à l'ombre des feuillages. Le danger était trop grand et je suis heureux que Lau ait été guidé par le même instinct de survie que moi. Je cours. En prenant bien soin de ne pas écraser mon précieux butin. Malgré cela, je sens couler dans ma manche un jus que je devine sucré. Lau rit comme un enfant. Comme un dément. Lorsque nous sommes à bout de souffle, il se jette à terre, me fait signe de me coucher au sol, me taire. Nous ne percevons qu'un silence rassurant. Il se relève sur les coudes, écoute et scrute les alentours. Pas une rumeur, pas un aboiement, pas un cri. Allongé de tout son long sur le ventre, en appui sur ses avant-bras, il contemple le produit de son vol. Je l'imite. Ainsi que je le pensais, une de mes tomates s'est fendue, libérant un liquide clair, des pépins qui me collent au poignet. Je lèche. Lau croque dans la chair d'un fruit, l'engloutit en trois bouchées, crache le trognon. Il en attaque un second. Je prends le temps de sentir, de regarder. J'ouvre la bouche et mords. L'effet est saisissant. C'est à la fois suave et acide. Tout ce que j'ai mangé jusque-là était fade. Sous la dent, la texture est ferme, moelleuse pourtant. Mes sens sont en extase. Mes papilles, comme sorties d'un éternel coma, ne perdent rien de ce délice.

Lau dévore l'intégralité de cueillette. Il se goinfre à grands bruits de succion. Je tergiverse. Il me reste quatre tomates. Toutes les manger d'un coup ? En garder pour plus tard ? L'idée de partager me surprend.

— On n'en ramène pas à Syl et Mar ?

— Tu rigoles ? On se tape tout le boulot, on prend tous les risques, alors qu'ils restent au campement posés sur leur cul, et il faudrait leur rapporter des cadeaux ? Ils avaient qu'à venir. Tant pis pour eux. Bouffe, mon gars, tu l'as mérité.

J'engloutis à la hâte le restant de mon larcin. Aucune envie qu'il lui vienne l'idée de me chiper un fruit.

Le trajet du retour est trop lent à mon goût. Mon corps ne comprend pas ce qu'il vient d'ingérer, se rebelle contre cette nourriture inhabituelle. J'ai mal au ventre, hâte d'arriver. Je me tortille sur mon siège, en proie aux spasmes douloureux qui me déchirent les entrailles. Lau est hilare.

Lorsque Mar et Syl nous accueillent devant le déjeuner, je n'ai que le temps de leur faire part de mon manque d'appétit, de me précipiter. Vider mes intestins du poids de la culpabilité.

# 8

Lau est d'humeur joyeuse aujourd'hui, tandis que nous gagnons la tour ouest. Au point de m'escorter en haut. Comme s'il avait senti quelque chose avant même de le voir, il s'empare des jumelles et je surprends son sourire.

— Hé, on dirait qu'on a de la chance, ce matin, clame-t-il.

En effet, une silhouette, détectable à l'œil nu, s'approche. Elle ressemble fort à celle que nous avons tuée il y a des semaines. Grande, dégingandée, elle progresse à pas lents dans notre direction. Elle est habillée d'oripeaux laissant voir ses membres d'une extrême maigreur. J'ai l'impression de renifler sa puanteur d'ici. Nous la regardons un instant. Sa route ne dévie pas, elle vient vers nous. Je ne sais lequel de nous deux va en faire sa cible. J'arme mon fusil, prêt à tirer, quand Lau abaisse mon canon :

— Attends, on va se marrer un peu.

Frappant dans ses mains, il se met à crier à l'endroit de la Bête :

— Holà, le monstre, amène-toi par-là !

La créature lève la tête vers nous et, semblant prendre conscience de notre présence, s'empresse vers là d'où elle perçoit le bruit.

Lau déploie l'échelle de corde, l'agite contre la paroi. Il m'agrippe le bras et m'entraîne à sa suite vers l'escalier. Nous descendons en hâte. Il m'indique de grimper dans le fourgon et le déplace de quelques mètres, face au Mur. Il coupe le contact.

— Y a plus qu'à poireauter. En espérant qu'elle ait saisi.

À travers le pare-brise, nous scrutons le sommet. Et patientons. Au bout d'un certain temps, la tension s'évanouit. Je me relâche, me recule sur mon siège. J'imagine que la Brute a poursuivi son chemin ou n'est pas arrivée à escalader les barreaux. Je m'apprête à sortir de l'engin pour aller voir ce qu'il en est, quand Lau me fait signe. Elle est là. Sa tête apparaît par-dessus le Mur, puis ses épaules. Elle s'assoit en équilibre instable, une jambe de chaque côté de la paroi étroite, et regarde alentour. Elle saute sur le plancher du mirador et disparaît dans l'escalier couvert. Je n'en reviens pas de l'effort qu'un tel acte a dû lui demander. Je n'en avais jamais vu passer le Mur et, si je les en savais capables, être confronté à cette forme, même sommaire, d'intelligence, me sidère. Physiquement, c'est assez pénible, mais intellectuellement, ça relève de l'exploit. Cela me semble tenir du prodige, qu'elle ait conçu de se hisser et y soit arrivée. Je ne sais pas si Lau escomptait réellement cela ou s'il pensait, comme moi, qu'elle s'approcherait du Mur, puis lassée, s'en éloignerait. Je me tourne vers lui, éberlué. Il ne quitte pas des yeux la porte en bois. Elle s'ouvre sur la Bête. Elle fait quelques pas. Lau éclate d'un rire sec, et démarre.

Il engage le blindé en direction de la chose. Lentement d'abord, puis accélère. Elle reste immobile. Comprend. Se met à courir. Elle avance vite mais notre engin la rattrape rapidement. Lau reste à sa hauteur un moment. Elle a dans le regard de la terreur ou de la rage. De l'écume blanche se masse au coin de ses lèvres. Elle tente de nous distancer, et Lau lui fait croire une seconde qu'elle y parviendra en se plaçant juste derrière elle. Elle court, court. Il la percute. Le pare-chocs la cogne à hauteur des hanches et la fait chuter. Lau s'arrête. Elle se relève péniblement et reprend sa course. Elle change de trajectoire et cavale vers les terres. Lau n'en peut plus de rire. Je me tiens fermement à la poignée au-dessus de ma vitre. Je n'ai pas le temps de penser. La poursuite repart. La Brute ne va plus aussi vite à présent. Nous sommes déjà sur elle. Elle cherche à nous semer en faisant des zigzags. Lau roule droit devant, à fond. Il la heurte de plein fouet. Elle s'écroule sous les roues. Lau fait passer le fourgon sur son corps, lui écrase les membres inférieurs. Quelques mètres plus loin, il éteint le moteur. Nous sortons du van et nous approchons prudemment. Couchée sur le flanc, la Bête hurle. Elle ressent la douleur. Elle essaie de ramper. Ses pattes mortes, broyées, sont un poids qu'elle ne peut traîner. Ses plaies saignent abondamment. Elle pousse des cris tellement humains qu'ils labourent ma conscience. Je voudrais la faire taire. Lau s'esclaffe. La vue du sang et de la souffrance le comble. Il s'en repaît. Le spectacle est abject. Nous sommes des militaires. L'idée que je me fais de la guerre est loin d'une telle ignominie. Faire souffrir par plaisir s'apparente pour moi à de la barbarie. Qu'il s'agisse d'un homme, d'un animal, d'une Brute. Certes, mon rôle est de tuer. Mais proprement. Sans plaintes. Sans pleurs. Je n'ai aucune haine envers mes ennemis. Ils ne sont pas responsables de ce qu'ils sont. Cette scène est insupportable, contraire à mes principes. Lau s'en délecte, exulte, danse presque de joie face au supplice de sa victime.

Elle tend un bras vers nous. Son visage n'est que larmes, morve. Lau la surplombe, s'amuse à lui écraser la face de son fusil. Il rit. Elle gémit. Je lui tire une balle dans la poitrine, à bout portant, mettant fin à son agonie. Je vomis.

— Pourquoi t'as fait ça ? On rigolait bien ! peste-t-il.

Je ne cherche même pas à lui répondre. Son sadisme m'écœure au-delà de tout. Je remonte dans le fourgon tandis qu'il brûle le cadavre. Il ne prend pas la peine de l'enterrer, l'estimant assez loin de la route et du camp. Je l'observe tandis qu'il grimpe au mirador relever l'échelle. Je n'y aurais pas songé tant je suis ébranlé. Le revoilà qui s'amène, content de lui. Sale dégaine.

Des pulsions de meurtre. Des envies de l'étriper. Il est immonde, indigne, inhumain. Mes articulations blanchissent tant je serre les poings. Je le déteste. C'est fini. Je ne lui parlerai plus, ne l'accompagnerai plus. Il s'est arrogé l'exclusivité de l'inspection du Mur. Tant pis. C'est peut-être la dernière fois que j'en détaille la structure. Il est inaltéré, sublime et froid. Je le sonde tout au long des kilomètres de retour. C'est hypnotique, confortable. Mon Mur. Je conserve, malgré mon désarroi, la sensation qu'il me faut le chérir comme un être vivant plus important que moi.

# 9

Il ne s'est rien passé depuis des semaines. J'en meurs. J'ai tenté de joindre le Commandement. Demandé à plusieurs reprises où les offensives des Bêtes avaient lieu. Supplié de me changer d'affectation. Aucune réponse. Je m'abîme les yeux à scruter les ténèbres. Les caméras s'obstinent à ne détecter aucun mouvement suspect. Je désespère de me retrouver là, impuissant, tandis que mes frères tombent sur le champ de bataille. Des larmes de dépit transpercent mes paupières. Je les essuie d'un revers de main. Voilà que je pleure comme un enfant. Il faut que je sache.

*Je ne suis pas un héros, Alba, pas encore. Je le serai demain, ou après-demain.*

Il est 5 h 30. Je ne suis pas censé quitter mon poste avant 6 h 00, mais je dois savoir. Me rendre au campement de l'ouest. Obtenir des éclaircissements. Me battre si la guerre est là-bas. J'encoure des sanctions ? On ne peut me punir pour avoir simplement dépassé ma zone de surveillance et vouloir rejoindre la bataille. Je veux que ma mère soit fière de moi pour de bonnes raisons. Quitte à perdre la vie.

J'attrape ma parka, m'équipe de mon fusil, et me voilà dehors. Il a neigé. Je me glisse dans le fourgon, démarre. Les batteries sont chargées. Je pars sans attendre. Je ne veux pas que mes compagnons tentent de me dissuader. Je n'ai pas le droit d'aller là-bas. Lau est formel et a toujours refusé de dépasser notre secteur. Il a peur des représailles. Je m'en moque. Sous ses airs de butor, c'est un timoré. Peut-être a-t-il simplement la trouille de rejoindre le front, là où les combats sont réels. Là où la bravoure se mesure autrement qu'en écrasant une Brute isolée sous les roues d'un camion. Il détestera que je sois parti seul. Il considère le véhicule comme le sien. Quand je reviendrai, si je reviens, les condensateurs seront vides. Il ne pourra s'évader quelques heures comme chaque matin. Sa colère sera terrible. Soit. Il impose ses règles à notre groupe. Il règne en maître sans en avoir la fonction officielle. Nous avons tous les trois de plus en plus de mal à le supporter et nous efforçons de l'ignorer. Je ne lui ai pas adressé une parole depuis des semaines. Je le hais.

Le jour n'est pas encore levé que je suis déjà en route. Quand je dépasse le mirador à l'ouest, il ne se passe rien. J'avance. Le reste du parcours, que je découvre, est semblable à celui que j'ai emprunté de façon quasi quotidienne, tant de fois depuis mon arrivée. Un sillon dans la terre à l'ombre du Mur, creusé par d'autres avant moi. Je parviens en vue du casernement ami au bout d'un temps très long. Les alentours sont déserts. Il n'y a aucune trace de combat récent. Je me précipite à l'entrée et tape du plat de la main contre le bois.

— Ohé ! Il y a quelqu'un ? Je suis Alb 3, troisième fils d'Alba Irina Viga Luane !

Personne ne répond à mon appel. Je frappe à nouveau, plus fort et crie, plus fort.

— Il y a quelqu'un ?

J'actionne la poignée. La serrure est verrouillée. Où sont-ils ? J'ai fait assez de bruit pour réveiller un régiment. Je ne peux, quoiqu'il en soit, m'aventurer plus avant. La batterie se déchargerait avant que je puisse regagner mon poste. De rage, je balance un coup de pied dans cette porte idiote. Je m'éloigne, à regret, et repars en sens inverse. Du temps perdu, tout ça. Je rumine, le regard perdu sur la route. Je suis persuadé que ces soldats ont été réquisitionnés pour des missions plus importantes. Pour rejoindre nos troupes à l'arrière. L'ennemi a peut-être réussi à pénétrer la Matrie et on avait besoin de toutes nos forces pour l'exterminer. Je pense que je n'ai pas été appelé à cause de mon jeune âge, de mon manque d'expérience. Je tremble d'avoir été oublié, rayé des registres, considéré comme mort en tant que soldat. Tout juste bon à faire le ménage et me morfondre. Je rentre au camp. Je suis face à moi-même. Je suis en mauvaise compagnie.

Quand je descends de voiture, mon humeur est toujours maussade. Je m'attends à me faire rabrouer par Lau. Il peut bien me hurler dessus, je n'en ai cure. Je n'aspire qu'à aller me coucher, oublier la situation et mes questionnements pendant quelques heures.

Ce n'est pas l'expression du courroux de Lau qui m'accueille comme je passe le seuil. Ce sont les cris mêlés de mes trois acolytes. Je me précipite et les trouve dans la cuisine. Je ne comprends pas tout de suite ce qu'ils font. Ils se battent. Une chaise est tombée. Des morceaux de porcelaine scintillent sur le plancher, sous l'éclairage artificiel de l'ampoule nue du plafond. Vaisselle brisée, preuve de la violence de leur pugilat. Des insultes pleuvent, des coups de poings aussi. Mar est couché au sol, sur le dos. Lau est en train de l'étrangler. Les deux mains vissées à son cou, il serre tant que la face de sa cible a déjà pris une teinte violette. Syl frappe le bourreau, martèle sa tempe, l'arrière de son crâne, de façon répétée et puissante sans parvenir à lui faire lâcher prise. Je m'approche. Leur ordonne d'arrêter. Ils ne se rendent même pas compte de ma présence. J'attrape un coude de Lau, tire vers moi pour qu'il cesse de cramponner Mar. Il va le tuer ! Il grimace et l'agonit d'injures que je ne connaissais pas. Il est dans une telle rage. Je ne l'avais jamais vu dans un état pareil et redoute qu'il parvienne à ses fins. Quand, soudain, il se tait. Sa grande carcasse s'affaisse et roule sur le côté. Il reste là, ne bougeant plus, un masque d'effroi figé sur le visage, la bouche ouverte comme s'il voulait dire une dernière chose. Il a un couteau de cuisine planté dans le dos. Syl lui a asséné un coup si terrible que la lame a pénétré jusqu'à la garde, entre deux côtes, le tuant net.

Nous demeurons interdits de longues secondes. Puis Mar reprend de l'air à pleins poumons, par à-coups bruyants, et tousse. Il se saisit la gorge tandis que Syl dégage du pied le corps de Lau, lui permettant de mieux respirer. Il s'assoit derrière lui et pose délicatement la tête du rescapé sur ses genoux. Mes jambes ne me portent plus. Nous nous retrouvons au sol tous les trois.

— Qu'est-ce qui s'est passé ? je demande, reprenant mes esprits.

— Il s'est mis dans une colère noire quand il a vu que t'étais parti ce matin. Impossible de le raisonner. Plus on argumentait, plus il s'énervait. Il a fini par s'en prendre à Mar à cause d'un verre ébréché, ou je ne sais quoi. Tu connais la suite.

Mar acquiesce d'un signe.

On se tourne d'un même mouvement vers Lau. La blessure a répandu des litres de sang. Une trace rouge l'encercle. Le liquide poisseux semble avoir fini de suinter, à présent.

Je regarde Syl dans les yeux.

— Qu'est-ce qu'on fait maintenant ?

— J'en sais rien, gémit-il, enfouissant son visage dans ses paumes ouvertes.

Quoi faire, en effet ?

Mar recouvre peu à peu sa pâleur et assez de force pour se tenir en tailleur, adossé au mur. Les différentes options se bousculent dans mon crâne. Impossible de faire passer la mort de Lau pour un simple accident. Pas avec ce couteau fiché là où il est. On pourrait prétendre qu'il est mort en livrant bataille, mais s'ils décidaient de venir chercher sa dépouille, nous serions perdus. Syl lance une hypothèse :

— On va expliquer qu'il est devenu fou et qu'il nous a attaqués. C'est la vérité, après tout.

Mar fond en larmes à cette proposition.

— Et s'ils nous croient pas, on finira en cour martiale.

— C'est moi qui l'ai suriné. Tu ne risques rien, de toute façon, rétorque Syl.

— Ce type a failli me tuer. Tu m'as sauvé la vie. On mérite pas d'être punis à cause de lui. Je suis bien content qu'il soit crevé ! réplique Mar entre deux sanglots.

Je sais bien que Syl ne souhaitait pas la mort de Lau. Elle n'était pas préméditée, j'en suis témoin. C'est vrai que c'est un cas de légitime défense. Mais je doute néanmoins que le Commandement étouffe l'affaire sans prendre de sanctions. La vie d'un soldat est sacrée. Je déteste l'idée de mentir à la Matrie. Mais elle n'a pas pris en compte mes remarques concernant l'attitude détestable de Lau. Et voilà où on en est. Lau n'était pas un brave soldat. Loin de là. La vie de Syl est de loin supérieure à la sienne. Son abnégation est sans limite. Et s'il leur prenait l'envie de faire un exemple ? Des exemples, pourquoi pas ? Autant que Mar, je redoute qu'ils jugent indispensable de sévir. Et Syl est mon ami. Je le connais depuis tant d'années. Je ne peux que demeurer loyal envers lui.

— On n'a qu'à rien dire, je fais.

Mar arrête de pleurer et se tourne vers Syl, qui ajoute :

— Mais on finira bien par changer d'affectation. Ou alors d'autres gardiens vont nous rejoindre un jour ou l'autre. Qu'est-ce qu'on dira, alors ?

Mar reprend :

— On n'a qu'à déclarer qu'il est parti. Comme les deux autres. Qu'on ne sait pas où il est allé. Qu'il a déserté.

— Ils finiraient forcément par le trouver, si c'était le cas. Rappelle-toi, justement. Ils ont attrapé Agn et Kat puisqu'ils nous ont nommés ici, Syl et moi.

Je réitère ma suggestion :

— On n'a qu'à rien dire. Et on garde cette idée de désertion dans un coin de nos têtes. Elle nous servira peut-être un jour. En attendant, on croise les doigts. Il n'y a personne pour nous dénoncer. Quand le ravitaillement passe, c'est toujours les matins, aux heures où Lau faisait son inspection. Le livreur ne s'étonnera pas de ne pas le voir. Pas de problème de ce côté-là. Reste qu'ils nous filment pendant nos gardes au mirador, et peut-être bien dans la salle de contrôle. Espérons qu'ils ne passent pas leur temps à nous observer et ne se rendront pas compte de l'absence de Lau.

— Tope-là ! crie presque Mar, soudain ragaillardi.

— Merci, les gars, conclut Syl.

Nous traînons dehors le cadavre de Lau, Syl et moi, pendant que Mar s'efforce de faire disparaître les traces de sang. Nous le faisons brûler. Les températures sont en dessous de zéro. Nous n'attendons pas longtemps pour que ses restes refroidissent. Nous les mettons dans un sac et balançons ses cendres et ses os par-dessus le Mur.

# 10

Sans Lau, la vie est plus paisible. Sans ses sautes d'humeur, elle est plus monotone aussi. Nous chérissons cette monotonie. Ça fait deux mois qu'est survenu l'incident, comme nous l'appelons quand nous en discutons. Au début nous en parlions tous les jours. Nous avions tellement peur d'être découverts. Il ne s'est rien passé. Le ravitaillement passe, nous distribuant des rations pour quatre personnes. Ça nous fait plus de nourriture pour chacun. Les restes de son corps ont disparu, dilués par les pluies ou emportés par des animaux sauvages. Nous abordons le sujet de moins en moins souvent, par superstition peut-être. Comme si rien de regrettable n'était advenu. Bientôt, ce sera comme s'il n'avait jamais existé. Nous ignorons tout de la situation, que cela concerne le front ou l'intérieur. Le Commandement nous maintient dans l'ignorance la plus totale. Seules les denrées qu'il nous fait parvenir sont la preuve qu'il ne nous a pas oubliés. Sinon, on pourrait croire que nous sommes les derniers humains sur ce coin de terre. J'ai songé plusieurs fois à aller jusqu'au casernement de l'est. Vérifier qu'il était occupé. Mais j'appréhende d'attirer l'attention. Il ne faudrait pas que les soldats qui y résident aient l'idée de nous rendre visite en retour. J'ignore s'ils ont eu des contacts avec Lau par le passé. Et sans doute, par-dessus tout, j'ai peur de trouver le bâtiment vide et devoir me demander ce que cela signifie.

J'évite de trop penser. Je me réfugie dans la lecture du *Guide* pour conserver intactes ma ferveur et ma foi. Certains passages sont d'une beauté extatique. Ceux que je sais par cœur.

« *Nous sommes l'utopie. Chacun une cellule du corps parfait de la Matrie. Chacun utile à son bon fonctionnement, indispensable par notre nombre et notre dévouement. Chacun à notre place, œuvrons à l'équilibre. Nous sommes l'écologie. Nous sommes la nature. Nous n'abusons pas de ses richesses. Nous sommes la sobriété. Notre vie ne compte que comme partie du tout. Nous en faisons don à l'ensemble, de notre premier cri à notre dernier soupir.* »

Ces mots sont mon refuge. J'y trouve la justification de la disparition de Lau. Il ne respectait pas les règles. Il était une poussière dans l'œil de la Matrie. La colère est un sentiment détestable, comme la jalousie. Il pensait trop à lui-même pour mériter les bienfaits de la communauté. Il s'écartait trop du chemin.

« *Nous sommes Un. Nous veillons les uns sur les autres. De notre naissance à notre mort. Nous savons toujours où est notre voisin de palier, de table, de couche. Nous nous inquiétons de lui. Nous savons ce qu'il fait, ce qu'il pense. Seule la solidarité compte. Nous avons atteint la sagesse en fondant l'individu dans la communauté. Nous avons renoncé aux plaisirs matériels, aux possessions, à l'argent, au pouvoir. Nous sommes égaux. Défaits du superflu, nous sommes, chacun, l'essence de la Matrie. L'inutile est un danger. Les objets, le luxe, les arts sont néfastes à la cohésion, ils divisent, créent l'envie. Nous sommes unis.* »

Tous les trois nous effectuons nos missions quotidiennes avec civisme, dans un partage équitable des tâches. Nous nous assurons que chacun participe à la bonne marche de l'ensemble. Nous faisons tour à tour la cuisine, le ménage, la vaisselle. Nous nous relayons à la salle de contrôle, à la tour de guet. Je préside seul à l'inspection du Mur. Syl et Mar sont décidément casaniers et préfèrent demeurer toute la journée au campement. J'ai tenté de convaincre Syl de m'accompagner à plusieurs reprises mais il a décliné mon offre. Son refus m'a peiné, un peu. Je regrette notre connivence d'autrefois. Il est toujours un camarade agréable, mais nos liens se sont distendus. Je ne reçois plus ses confidences. Il faut dire qu'il se passe si peu de choses qu'il n'y a pas de quoi discutailler.

Notre trio fonctionne. Nous nous respectons. Nous occupons notre temps libre à lire, nous entraîner, converser. Nous n'élevons pas la voix.

Quelques Bêtes isolées se sont approchées du Mur. Nous les avons laissé filer. Nous vivons dans une engourdissante harmonie.

# 11

Ils sont venus les chercher ce matin. Quatre hommes dans un fourgon militaire les ont emmenés, menottés. J'ai bien fait. Bien sûr que j'ai bien fait. Il m'était impossible de passer outre et ne pas les dénoncer. Comment vivre avec eux en sachant ça ? Il y a maintenant quatre heures qu'ils sont partis. Depuis, je cogite. Je suis resté assis dans le silence à ressasser. À tenter de calmer la colère. Je n'avais jamais enduré ça. Elle bouillonne dans mon ventre et frappe mes tempes. Je prends de profondes inspirations. Inefficaces. Elle m'étouffe. J'en viens à comprendre Lau. On ne peut rien contre la colère.

Mar a pleuré tout le temps qu'a duré l'attente. Syl est demeuré de marbre. Je crois qu'il a espéré jusqu'au bout qu'ils ne s'amèneraient pas. Tout au plus m'a-t-il jeté un regard d'une tristesse infinie en entendant le camion arriver. Mar a gémi, supplié tandis que les soldats le faisaient grimper avec force dans l'engin. Mon cœur s'est serré à la vue de Syl disparaître derrière la bâche. Il était mon ami. Je le croyais, en tout cas. Je n'aurais jamais imaginé une telle abomination.

Il m'a trahi. Depuis quand agissaient-ils de la sorte dans mon dos ? Quand je pense que j'ai menti pour lui à la Matrie, que j'ai couvert son crime, j'en frémis de rage. Ils ont dû bien rire de moi. Lau avait-il découvert leur manigance ? Est-ce à cause de ça qu'il est devenu fou ? Tout porte à le penser. Si j'avais su, je l'aurais laissé étrangler Mar. Quelle infamie !

Tout est clair, maintenant. C'est pour ça qu'ils nous laissaient, Lau et moi, aller inspecter le Mur. C'est pour ça que

Syl refusait toujours de m'accompagner. Ils étaient seuls, ainsi, plusieurs heures chaque jour, libres d'accomplir leur méfait.

Déception.

Dégoût.

Malgré moi, je revois la scène. Les images sont si choquantes que je ne pourrai jamais les effacer de ma mémoire. Le couloir sombre. Le bruit étouffé dans la chambre de Syl. Et... cette vision d'horreur. Mar à quatre pattes sur le lit. Syl derrière lui. Nus. Forniquant. Le crime des crimes.

Notre sexualité fonde notre humanité. L'acte sexuel sert l'unique but de procréer. Nous ne devons pas gâcher notre semence. Dès notre entrée à l'Académie militaire, nous l'apprenons. Mettons de côté nos bas instincts. La masturbation nous est interdite. En tant que soldats, Syl et Mar savaient aussi bien que moi devoir renoncer à toute sexualité. Nous avons pratiqué l'accouplement. Au cours de notre initiation. Au cas où. Être vierge, novice en la matière, pourrait compromettre notre efficacité s'il nous arrivait d'approcher une femme et décevoir son désir de maternité. Ce qui dans notre cas, au vu de notre affectation au Mur, semblait compromis. Nous avons donc expérimenté physiquement, lors de travaux pratiques en cours de sexualité, ce que nous n'avions, jusque-là, qu'appréhendé en images, en dessins multiples. Une jeune fille s'était offerte au groupe. J'avais quinze ans. Je m'étais acquitté de l'exercice avec le plus de ferveur possible et m'en étais tiré correctement. J'en gardais un souvenir délicat, et la découverte de l'orgasme m'avait impressionné. Je me souviens m'être dit que ce coït constituait peut-être la seule occasion pour moi de devenir père. Si j'avais engrossé cette fille ce jour-là. Et que comme tous les garçons, je n'en saurais jamais rien et que c'était bien ainsi. Syl m'avait confié avoir ressenti la même émotion, et l'envie, comme moi, de recommencer. Je ne pensais pas qu'il pourrait se livrer à cette déviance infamante, la pédérastie, crime sévèrement réprimé. J'en frissonne d'amertume.

Avait-il rêvé m'entraîner dans une relation de cette sorte, autrefois ? J'éprouve à nouveau le poids de sa main sur mon épaule, de sa paume sur mon genou. Avait-il des pensées impures quand nous nous étreignions ? M'a-t-il tourné le dos quand il a été sûr que je ne m'abaisserais jamais à cette abjection ? J'en ai la nausée.

Si je n'avais pas eu à me lever en pleine nuit, je n'en aurais rien su. Ils auraient continué. Comment pouvaient-ils me regarder en face ? Ce sont des animaux. Incapables de réfréner leurs pulsions monstrueuses. Alors que je dormais dans la pièce d'à côté... Alors que Mar était censé être de garde dans la salle de contrôle... Quitter son poste pour copuler, bestialement. S'accoupler de façon contre-nature.

Quel naïf je fais ! Il m'a fallu quelques secondes pour comprendre ce que mes yeux voyaient. Mon cerveau a d'abord refusé l'évidence. Puis, la crudité du spectacle m'est apparue dans toute sa laideur. Les mots manquent pour décrire ce que j'ai ressenti. Foudroyé par une vague d'intense répulsion. Anéanti au fond de moi par la traîtrise d'un ami que je pensais sincère. L'âme déchirée de découvrir sa véritable personnalité. Ont-ils, tous les deux, souhaité ma mort en secret ? Ont-ils rêvé qu'il m'arrive malheur lors de mes rondes pour avoir le champ libre et pouvoir baiser chaque heure du jour et de la nuit ? Je revois leurs sourires à l'aune de ce que j'ai appris. Des sourires satisfaits d'orgasmes. Des airs complices de lubricité assouvie.

J'ai bien fait.

J'ai couru jusqu'à la salle de garde. J'ai tapé sur le clavier : « *J'ai surpris deux de mes co-gardiens en plein acte de fornication. Il s'agit de Mar et Syl.* » J'ai appuyé sur la touche « envoyer ». J'ai ajouté : « *Le soldat Lau est introuvable. Il n'est pas revenu de sa ronde pédestre. Peut-être a-t-il été témoin avant moi de leurs actes barbares. J'ai peur que quelque chose de terrible lui soit arrivé.* »

Aucune raison de continuer à être complice de leur meurtre. Je ne leur suis redevable en rien. Ils méritent ce qui leur arrivera, quoiqu'en décide la Matrie. Elle est impartiale. Sa loi est juste. Elle m'enverra de nouveaux compagnons pour remplacer les fourbes.

J'ai attendu une réponse. Je n'en ai eu aucune. Je ne savais même pas s'ils avaient bien reçu mon information. Jusqu'à ce que les hommes arrivent et les emmènent. Ainsi, le Commandement est capable de réagir quand l'affaire est grave.

Je me lève enfin. L'écran du terminal clignote, signe qu'une missive m'est parvenue. « *Le renseignement que vous avez fourni est précieux. Il témoigne de votre loyauté et de votre bravoure. Les sis nommés Mar et Syl seront pendus à l'aube.* »

Je suis seul.

# II

# 12

Je compte. Cinquante. Cent pompes. L'image de Syl vient me troubler. Je me reconcentre. Cent cinquante. Je m'oublie. Je compte. Il est 7 h 22 quand la douche débarrasse ma peau de sa sueur. Je rase ma tête sous le filet d'eau chaude. La buée qui s'évacue sur le miroir de la salle de bain révèle un militaire présentable. Je déjeune d'un café soluble et d'une tranche de pain.

Je suis seul depuis un mois. La Matrie n'a toujours pas envoyé la relève. Je n'ai eu que la visite de l'homme du ravitaillement et n'ai pu obtenir aucune réponse quant à un remplacement imminent de mes anciens compagnons. Le coursier ne m'a laissé de vivres que pour un soldat. Personne d'autre n'est venu. Personne n'est venu m'interroger au sujet de la disparition de Lau.

Ma tasse est vide. Vide comme les lieux. Je ne peux laisser l'abattement me saisir. Je suis l'élite. Un battant. Entièrement dédié à la défense de la Matrie. Elevé au rang de Gardien du Mur. Félicité pour ma droiture. Sans doute pense-t-on que je peux m'acquitter seul des missions fixées. J'ai réfléchi. Je ne dois pas perdre mon temps à attendre l'arrivée de renfort. Je dois cesser de me tourmenter à espérer de la compagnie. Toute question sans retour est inefficiente, contre-productive. J'ai défini des positions tenables par un unique individu. J'ai agi. J'aime l'ordre et je suis un militaire. Je me suis fait un planning précis. J'ai déterminé des objectifs utiles. Je veille à me maintenir en forme, physiquement et mentalement. Analyser. Bouger.

Je fais beaucoup de sport et me nourris à heures fixes. 7 h 30. Midi. 19 h 30. Je fais mon tour de reconnaissance du Mur en fourgon tous les matins. Je passe une partie de l'après-midi sur la tour et une partie de la nuit dans la salle de garde. Tout est calme. Je n'ai rien à voir, donc rien à signaler. Je m'accorde six heures de sommeil quotidiennes.

Au début, j'ai eu peur de la solitude. Je suis soulagé. Je tiens bon. Savoir quoi faire m'évite de penser. Je m'efforce de me conformer à ce plan chaque jour, tant que je n'aurai pas reçu de nouvelles directives. Elles ne sauraient tarder. Je n'ai pas à m'inquiéter. La Matrie veille sur chacun de ses enfants. Elle définit un rôle précis pour chacun.

Rien à signaler. Il est 11 h 37 quand je termine mon inspection. Je déroge à ma règle et avance mon déjeuner. J'ai faim. La soupe de tomates a le goût qu'elle a toujours eu. Je l'agrémente d'un verre de lait et d'une barre de protéines. Il est 11 h 53 quand j'ai fini. 11 h 56 vaisselle faite.

Je ne peux me résoudre à ne rien faire. Quoi, gober les mouches ? Il n'y a pas de mouche, de toute façon. Je fais le tour du bâtiment. Tout semble opérationnel. Je décide de m'entraîner au tir et m'assurer que le fusil est en bon état de marche. Les autres ne le faisaient pas ? Pour économiser des cartouches ? Allons donc. Plutôt par négligence. On perd vite la main. Je récupère des munitions et part en quête de l'endroit idoine. Les alentours du baraquement ne sont que terrain calciné. Je m'attèle régulièrement à l'écobuage. Si cela ne sert pas à prévenir des parasites, des pandémies, c'est efficace quoi qu'il en soit pour endiguer la progression des herbes folles, et je n'ai pas de tondeuse à disposition. Il n'y a pas d'arbre ni de structure où accrocher des cibles. Le doute m'étreint. S'abstenaient-ils de tirer de peur d'attirer l'ennemi, de livrer leur position ? Je ne peux résister. Un oiseau passe. Le coup de feu résonne et me vrille les tympans. Je me rends compte à quel point le silence était pesant. Je n'aime pas le silence. Cela fait si longtemps que je n'ai pas entendu un son humain. Je n'y suis pas habitué. J'ai toujours vécu en groupe. Même penchés sur nos cahiers, même silencieux nous faisions du bruit. Sans doute entendais-je le battement de nos cœurs. L'écho s'estompe. J'attends, aux aguets. Rien. J'ai raté ma cible. J'attrape le lance-flammes, il fonctionne lui aussi. Je m'en lasse vite. Aussi loin que porte le brasier, il n'y a rien à brûler. Pas une touffe ne s'élève du sol sombre.

Je m'accorde une séance d'entraînement physique. Je la fais durer jusqu'à l'épuisement. Éviter de penser. Ne pas écouter le silence. Entendre seulement mon pouls qui palpite sous l'effort. Je suis fort. Je suis un guerrier. Je compte.

Les caméras n'ont rien à montrer.

# 13

Au cinquante-deuxième jour, je n'ai toujours eu aucun contact avec le Commandement. J'ai trouvé un carnet et un stylo dans la table de chevet d'une des chambres vides. J'y inscris un trait chaque matin. J'ai commencé quand je me suis retrouvé seul. On perd vite la notion du temps. Tous les cinq bâtons, je raye le fagot d'une diagonale. Comme les prisonniers. J'ignore si c'est une bonne idée. J'arrêterai quand l'encre sera tarie.

J'ai réitéré mes questions par messagerie. Elles sont demeurées sans réponse. Je n'ai aucun moyen d'obtenir des informations concernant la Matrie. Je fais mon devoir. Je me demande si l'éloignement qu'on m'impose, si l'absence d'ordres ne sont pas une façon de tester ma résistance. Ma détermination à servir est sans limite. Peut-être suis-je observé sans relâche, évalué afin d'apprécier si je suis digne de la mission qu'on m'a confiée. Je pourrais être rétrogradé, puni si l'on jugeait que je trahis les espérances que l'on avait fixées sur ma personne. Mais comment savent-ils à quoi je passe mes journées ? Il n'y a pas de caméra ailleurs que sur la tour néanmoins je suppose que les terminaux de la salle de contrôle peuvent capter mon image, ainsi que m'entendre même si je n'ai pas trouvé de micro. J'ai vérifié tous les recoins du baraquement.

Mes analyses médicales ont montré de faibles variations. Je dois faire en sorte de bien m'alimenter. La chaleur suffocante du mois d'août me coupe l'appétit.

Cette nuit, tandis que je scrutais les ténèbres, un renard s'est approché du Mur. Il n'avait pas l'air particulièrement sur ses gardes. Il a pris le temps de fouiller le sol à la poursuite d'un mulot ou d'une proie que je distinguais mal. Sa présence m'a rassuré. Je n'étais pas seul au monde. Il était beau et j'aurais aimé pouvoir conserver la preuve de sa venue dans la pénombre.

Le silence me pèse. J'ai besoin qu'on s'adresse à moi. J'ai besoin de parler à quelqu'un. Je ne suis pas fait pour la solitude. J'ai été formé à combattre des êtres, pas des fantômes. J'ai l'impression d'être banni, condamné à l'exil sur une île et je me sens coupable sans savoir pourquoi.

# 14

Quatre-vingt-cinq jours.

Je suis mon propre maître et je ne sais quelle décision m'imposer. Je rêve d'une voix forte qui me dise quoi faire, qui m'intime des ordres auxquels j'obéirais sans réfléchir. Mon esprit serait vide et paisible. Mon corps serait tendu des exploits à venir. Je parviens à dormir, me nourrir, me laver, m'entraîner, me vêtir. Ces gestes quotidiens sont des balises dans un océan d'incertitude. Je peine à ne pas me noyer durant les heures où je ne trouve rien à faire. Trop de temps pour penser. D'autres Gardiens vont-ils finir par me rejoindre ? Suis-je un bon élément ? Je songe à mes amis, ceux de ma vie d'avant. Je revois le sourire de Syl quand on nous avait signifié notre affectation. Nous étions tellement excités à l'idée des aventures que nous allions mener. Il était mon frère. Sans le savoir, nous vivions le plus beau jour de notre vie. Notre bonheur était sans nuage. Je me rappelle à quel point l'orgueil gonflait nos cœurs, combien nous présumions que notre destinée serait plus glorieuse que celle de nos autres camarades. Ce souvenir me fait honte. Si ça se trouve, eux combattent, quelque part. Je n'ai plus de soldat que le nom que je veux bien me donner. Quand j'exerce mon corps à la lutte, je demeure un guerrier. Quand je suis à l'arrêt, je ne suis même plus un homme.

Je revois Syl. Un frisson me parcourt l'échine.

Aucun compagnon n'est venu vaincre ma solitude. Considèrent-ils que ma mission puisse être remplie par un seul homme ? N'a-t-elle aucune importance ? Et dans ce cas, pourquoi m'y affecter ? J'ai été choisi parce que j'étais l'élite. Pourquoi me cantonner dans un endroit où rien ne se passe ? Ai-je fait, dit quelque chose de mal ? Je doute d'avoir une quelconque utilité ici. L'idée qu'ils ne m'ont pas oublié est un bien faible réconfort. Je vais dans la cuisine. Le café chaud me fait du bien. J'avale un paquet entier de gâteaux.

Je rythme l'après-midi d'exercices physiques. J'essaie toujours d'en faire un peu plus que la veille. Par jeu, esprit de compétition. J'ai pris du muscle. Ma silhouette s'est allongée aussi. J'ai perdu 800 grammes. Je dois me ressaisir. Mon IMC reste dans la norme, mais s'approche dangereusement du chiffre le plus bas de celle-ci. Je suis sec et nerveux. Je le sens au toucher. Il faut dire que, malgré mes efforts, je n'arrive pas toujours à ingurgiter la dose de calories prescrite. C'est dur de manger seul. Aujourd'hui, d'ailleurs, j'ai sauté le déjeuner. Les biscuits m'ont plombé l'estomac. Je me force à dîner d'une boîte de thon accompagnée d'un morceau de pain que je mâche lentement. Chaque mastication est une seconde de passée. Je fais durer. Le moral n'y est pas. Je n'ai pas soif, pas faim. Je n'ai aucune réponse aux multiples questions qui me tourmentent. J'arpente les couloirs, les différentes pièces. Je suis un lion en cage.

# 15

« *Nous sommes la sagesse. Notre peuple a atteint la sérénité. Nous sommes tous égaux. Pas d'élus pour nous dicter notre conduite, nous savons quoi faire. Nous veillons les uns sur les autres. Nous appliquons les lois qui nous ont menés à la décence et l'harmonie. Pas de voleurs, de meurtriers parmi nous, mais des travailleurs qui donnent leur sueur à la Matrie, dans l'allégresse.* »

Le silence se fait tandis que je reprends ma respiration. Je réalise soudain que je lisais à voix haute. Ça m'arrive souvent. Il suffit que j'ouvre *Le Guide*, que je commence à parcourir le texte et, au bout d'un moment, je perçois le son des mots qui sortent de ma bouche. Je suppose que c'est un réflexe. Entendre une voix humaine, même la sienne, est un besoin vital. *Le Guide* m'aide beaucoup. Il contient des maximes et des chants. Il me raccroche à mon peuple, me rappelle la grandeur de la Matrie. Il m'a permis d'accepter mon sort, m'a fait comprendre que la résignation n'était pas négative, que c'était par le consentement qu'on gagnait la quiétude. Je suis un bon soldat. Je fais ce que je dois. Ma routine est une bénédiction. Je n'avais pas à douter. Je suis à ma place ici. Je prends soin de moi. Je le dois à la Matrie. Je m'évertue à avaler l'intégralité des rations dont je dispose, consciencieusement. Je surveille le Mur, par écrans interposés, ou au volant de mon véhicule. Je suis irréprochable. Je sors m'aérer. Je lis *Le Guide*.

J'évite de penser.

Tout est en ordre.

# 16

Au vu des rations qui s'amenuisent, le ravitaillement ne devrait pas tarder. Même en mangeant peu, je vais finir par manquer. Quand nous étions plusieurs, et étant donné le peu d'enthousiasme de Syl et Mar à s'éloigner du camp, je ne me préoccupais guère de la venue de l'homme. Le plus souvent, je rentrais de ma visite d'inspection avec Lau et les placards avaient été remplis. Depuis que je suis seul, je guette son arrivée. En mon absence, j'imagine qu'il déchargerait les victuailles devant la porte, ou sur la table de la cuisine à condition que j'aie laissé la porte ouverte, mais comment en être certain ? Peut-être obéirait-il à quelque ordre sadique et rebrousserait-il chemin sans rien déposer. Alors, depuis deux jours, j'attends.

Pour être honnête, je n'espère pas seulement la livraison des vivres nécessaires à ma survie. Je rêve d'un peu de compagnie, de mots échangés, de la vue d'un de mes semblables pour me convaincre que je ne suis pas seul au monde. L'individu est peu disert, certes, mais je ne doute pas qu'il finira par livrer des détails concernant sa mission, qu'il s'attardera pour un brin de conversation. C'est un frère, après tout.

J'ai un plan. J'ai eu tout le temps de l'élaborer. Ma situation a changé et il ne pourra me refuser ce service qui lui coûte si peu. Dans ma tête, je fais les questions et les réponses de notre discussion imminente. Dans ma tête, il acquiesce toujours à ma requête. Je désire simplement savoir d'où il vient, qui d'autre il livre. Son parcours, même en ces temps de guerre, n'a rien de secret, si l'on y réfléchit. Nous sommes la même armée. À quoi me servirait-il de connaître ces éléments, sinon me rassurer ? Je suppose qu'il fait une boucle, et qu'il retourne à sa base une fois ses colis débarqués aux différents points de livraison. Il repasse forcément non loin de mon campement lorsqu'il a terminé. Je peux marcher pour regagner mes pénates. Il suffira qu'il m'en rapproche le plus possible. Je veux l'accompagner dans sa tournée, comprendre où il s'approvisionne, rencontrer les bénéficiaires de ses autres dépôts. Ne serait-ce qu'une seule fois. Je veux étendre mon horizon. L'homme ne sera pas contre rompre son propre isolement. Il vient toujours de l'ouest, à ce que j'en sais. Il me confirmera que les gardiens là-bas ont réintégré leur baraquement. Il me dira leur nombre, me donnera l'espoir que je pourrai prochainement leur rendre une visite. Ils me conteront le déroulement des récentes batailles et nous serons amis. L'homme me laissera grimper à ses côtés dans la navette, il me conduira à la rencontre de mes homologues de l'est avec lesquels je tisserai des liens durables. Qui sait combien d'entre eux je verrai bientôt ? Combien de kilomètres il me fera parcourir ? Combien de campements il me fera découvrir ? Peut-être même dessert-il les casernes à l'intérieur des terres. Je serai ainsi capable de les situer à l'avenir, de les retrouver au besoin. Ainsi, je pourrai me rappeler comment elles sont conçues, y penser sans avoir à en inventer les images. Je me sentirai un des leurs. Je nourrirai mes visions de leur présence.

Dans ma tête, l'homme répond toujours à mes sollicitations pas l'affirmative. J'ai hâte qu'il arrive. J'attends. La lumière déclinante me désole. Il ne viendra plus aujourd'hui. Je décide de rentrer. Il passera demain.

À moins qu'ils n'aient décidé de me laisser crever de faim.

# 17

C'est une vision d'horreur. Après des jours à me torturer l'esprit, à tergiverser, je suis bien obligé de regarder. J'ai pris ma décision. C'est encore plus dur que ce que je craignais. Je n'ai eu aucune difficulté à retrouver le corps. Au cours de mes nombreuses rondes, à l'approche du mirador de l'ouest, je me suis efforcé de détourner le regard, refusant de le chercher des yeux, mais je le savais là. À quelques pas de l'endroit où Lau l'avait laissé, à l'air libre. Le corps de la Bête dont j'ai abrégé les souffrances, il y a, il me semble, une éternité. Les restes de chair calcinée, collés contre les os, ont continué à se décomposer, par endroits. Tandis qu'en d'autres, ils ont comme séché, leur donnant l'aspect d'un parchemin. Mais le plus terrible, c'est que si je n'avais pas assisté à l'agonie de cette Brute, je jurerais que c'est un corps humain que je contemple. Les proportions sont semblables, l'ossature pareille. La nausée me plie en deux.

Qu'est-ce que je fais là ? J'ai nié pendant des jours l'idée que j'étais capable de faire ça. J'ai cru m'en être débarrassée, et puis elle est revenue, insidieuse, irréfutable. J'ai fini par me persuader qu'il n'y avait pas de mal à accomplir ce que l'homme me demandait. Pourquoi devrais-je être le seul à demeurer intègre dans un monde immoral ?

Les orbites de la dépouille sont vides. Les pourtours des cavités sont endommagés, éraflés de coups. Sans doute causés par le picotement de rapaces se repaissant des globes oculaires. L'effort que j'ai fourni pour tourner la carcasse sur le dos me semble ultime. Je dois procéder à pire, pourtant. Ses mâchoires sont serrées. Dans ma main droite, la tenaille. Je m'approche encore plus près. La tête paraît prête à se détacher du tronc. Je distingue les vertèbres cervicales au niveau du cou. Je dois le faire. Quand j'ai choisi de m'attaquer à ce corps-là, j'ai pensé que cela sera moins pénible que d'avoir à déterrer une Bête enfouie de l'autre côté du Mur. Je me suis convaincu que cette dépouille-là, envers laquelle j'avais fait preuve de compassion en la tuant me causerait moins de tourment. J'en doute à présent.

Je m'agenouille, me penche, me concentre sur mon objectif. Faire vaut mieux que penser. La fine peau des lèvres a disparu. Les dents sont découvertes. J'inspire profondément. Me sers du manche de la pince pour faire levier, la glisse entre les molaires pour lui ouvrir la bouche. La mandibule inférieure livre peu de résistance. Sa gueule se descelle d'un coup. Pour prendre appui, je dois la toucher. Ma main gauche se pose sur le crâne. De la droite, j'avance la tenaille, sélectionne une canine du haut, légèrement proéminente, l'enserre de l'outil et tire de toutes mes forces. Ce n'est pas moi qui fais ça. C'est l'homme qui m'y contraint. Je ne suis pas responsable. Je n'existe plus. Je sombre. La dent refuse de se soumettre, fermement fichée dans l'os, comme si elle tenait sa revanche, le temps que je réalise parfaitement ce que je suis en train de faire. Suis-je encore un homme ? Je tire plus fort, elle cède dans un craquement. Je réitère le geste, prélève une incisive. Ça suffira. Je me relève. Dans ma paume pèsent les deux morceaux d'émail blanc.

# 18

Je l'attends. J'ai placé les dents de la Brute dans un sachet de toile, noué d'un lien. Je les ai lavées. Je les ai examinées, longtemps. Elles comportent des trous, synonymes de carences alimentaires. Sinon, elles ne sont ni plus pointues, ni plus grandes que celles d'un être humain. Je les aurais crues plus impressionnantes. Puis, je les ai cachées à ma vue. Elles me dégoûtent. Non par leur structure mais pour ce qu'elles symbolisent. La perte de mes illusions. La disparition de tout ce en quoi je croyais. Ma foi en la Matrie.

Lau avait raison, sur certains points. Il y a des gens corrompus qui ne respectent aucun des enseignements du *Guide*. Je ne sais où ils se terrent mais ils existent. J'en fais partie. L'homme du ravitaillement aussi. C'est à cause de lui que je suis devenu un mécréant. C'est à cause de lui que je ne me reconnais plus. J'ai du mal à trouver le sommeil. Dernier symptôme de mon humanité. Ma conscience qui me travaille.

J'ai fait ce qu'il m'a suggéré. Je l'attends. La dernière fois que j'espérais sa venue, mon cœur était rempli d'espérance. Il n'a été ni amical, ni conciliant. Lorsque je lui ai exposé mon plan, le priant de bien vouloir me laisser l'accompagner, il a ri. Et m'a demandé ce que je proposais en contrepartie de ce service. Je n'ai su quoi répondre tellement son attitude m'a stupéfait. Ainsi, certains membres de la Matrie monnayaient leurs faveurs. Considéraient que rien n'était gratuit, que la bonté se payait. Ça a été un tel choc. Lorsqu'il a insinué que les dents des Bêtes étaient l'objet d'un trafic dont je pourrais tirer partie, j'ai d'abord pensé à une plaisanterie. Il a insisté. Les crocs de l'ennemi sont des trophées dont certains font commerce. Des raretés s'échangeant sous le manteau. Des emblèmes de force que certains portent, sous leurs vêtements, autour du cou, transformés en bijoux. Les possessions sont interdites par la Matrie. Le troc n'a pas lieu d'être, puisque nous ne manquons de rien. À moins d'être habité par le vice, l'envie. De se sentir supérieur aux autres. De s'avilir dans cette négation de tous nos principes fondateurs.

J'ai refusé, véhément. Je crois être allé jusqu'à l'insulter, le menacer de le dénoncer. L'homme a ri à nouveau. Il a posé les colis qui m'étaient destinés, est remonté dans son engin et a disparu. J'ai hésité à envoyer un message au Commandement. Je ne sais pas ce qui m'a retenu. Sûrement que mon esprit pourrissait, déjà. Je n'ai rien dit. J'ai tu cette abomination, complice. Et l'idée que je puisse le faire est entrée dans mon crâne, comme un poison à diffusion lente. Elle est devenue obsession. Pourquoi ne pas le faire ? C'était si simple. À portée de main. Je ne risquais rien, après tout. Je n'avais pas inventé ce jeu. Je ne me pliais qu'à des règles que d'autres avaient créées. Il suffisait d'un petit effort pour obtenir les réponses à mes questions. Le droit de monter dans le camion. La possibilité de voir de nouveaux visages, de nouveaux paysages.

J'ai renié tous mes idéaux car j'ai compris qu'ils n'avaient pas de fondement véritable, qu'ils étaient bâtis sur une illusion. Si certains d'entre nous sont indignes de la Matrie, alors nous en sommes tous capables. La Matrie elle-même engendre de tels monstres. Elle n'est que vent. J'ai perdu mon âme. Je l'attends.

Le voilà. Le véhicule s'arrête à quelques mètres de moi. La portière s'ouvre. L'homme qui descend n'est pas le même que celui de la dernière fois. Lorsque je lui demande s'il sait pourquoi il a été remplacé, il me répond que non, mais que ce sera lui, désormais, qui effectuera les livraisons. Je n'ose pas lui dire mon désir de l'accompagner. Je serre l'étui contenant les dents dans ma main, camouflée dans ma poche de pantalon. Tout ça pour rien.

# 19

Cent-quarante-trois jours.

J'ai rangé *Le Guide* dans ma table de chevet. Il ne m'aide plus. Je vais crever seul comme un chien. Ils me surveillent. Je ne crois plus en rien. Ils se servent de mon image à des fins que j'ignore. Je ne comprends pas ce que je fais là. Depuis des jours, nulle activité le long du Mur. Je ne suis d'aucune utilité. J'en viens à douter de l'existence même des Bêtes. Ils se moquent de savoir comment j'occupe mes heures, tant qu'il ne me vient pas à l'idée de quitter mon poste. Je n'ose imaginer les sanctions encourues en cas de manquement. Me couperaient-ils les vivres ? Ou la tête ?

Qui sont-ils ? Notre Grand Leader aurait 112 ans aujourd'hui. Il n'a été remplacé par aucune figure tangible. Depuis aussi longtemps que j'ai des souvenirs, je me vois entouré d'hommes et de femmes œuvrant pour la Matrie. Obéissants. Obéissants à qui ? C'est comme si chacun savait ce qu'il avait à faire sans que personne au-dessus de lui ne soit sommé de lui rappeler ses obligations. Nous sommes élevés pour servir. Nous sommes une partie du grand tout, une goutte d'huile dans l'engrenage qui fait que la machine fonctionne. Nous sommes nos propres gardiens, nos propres professeurs, nos propres policiers. Je n'ai pas d'ordre à recevoir car on m'a enseigné tout ce qu'il me faut savoir. Je ne devrais éprouver aucune angoisse, seulement la plénitude du travail bien fait, du devoir rempli. Qu'est-ce qui ne va pas chez moi ?

Cela tient sûrement à mon sentiment d'inutilité. La guerre a bien eu lieu. En témoignent les terres calcinées, rasées, désinfectées qui entourent ma prison. La guerre est finie depuis longtemps. Bien sûr, les Bêtes existent. J'en vois encore dans le lointain. Mais elles ne sont plus les hordes sanguinaires dont on nous parlait aux informations. Alors pourquoi continuer à nous faire croire que les combats perdurent ? Pourquoi prétendre que les Sauvages sont toujours à nos portes ? Quel est mon rôle dans leur dessein ? Je me sens seul comme jamais. Cet isolement ne peut être qu'une punition. Je les aimais, et maintenant je les crains.

Ils ne peuvent pas me filmer quand je marche. Alors, je marche. J'avais un but, au début. J'ai essayé à différentes reprises de rejoindre nos troupes, à l'arrière. J'ai foncé vers l'intérieur des terres dès l'aube, droit devant, me hâtant, en direction du sud-ouest, où j'imaginais que l'armée avait posé sa base. M'arrêtant le moins possible. Faisant le maximum de chemin avant de devoir revenir sur mes pas. Calculant au plus juste le temps qu'il me faudrait pour rentrer à l'heure et ne pas avoir à dormir à la belle étoile. J'ai tenté plusieurs fois l'aventure, modifiant légèrement mon parcours pour couvrir le plus de surface. J'ai réintégré mon campement les pieds en sang. Je n'ai jamais trouvé les troupes. Je ne suis jamais parvenu à retrouver les baraquements croisés la nuit de notre arrivée. Je les ai peut-être rêvés. J'ai abandonné. Il n'y a rien que le désert à des kilomètres à la ronde. Je ne pourrais marcher assez loin pour m'échapper sans mourir de soif et de faim. Ils me rattraperaient sans que j'aie croisé âme qui vive, me condamneraient pour désertion.

Je continue à marcher pourtant. Je sors marcher désormais uniquement pour prendre l'air, sans objectif particulier, à part celui de quitter mon enfer quelques heures. Je regarde la nature changer au fil des saisons. Je ne l'avais jamais fait avant. Le printemps sera bientôt là. Les ciels aux couleurs changeantes n'avaient aucun intérêt à mes yeux. Ils en ont, à présent. Des pousses de je ne sais quelle plante, de l'herbe peut-être simplement, commencent à sortir de terre. Elles couvrent le sol d'un vert tendre qui contraste avec le noir calciné. Tout n'est pas mort finalement.

Il est 10 h 00 et je suis étendu sur mon lit. Coudes repliés, la tête campée sur mes mains jointes, je laisse mon esprit vagabonder. C'est mon nouveau rituel. Les matins, je me lève, je fais ma toilette, j'enfile mon uniforme, et je retourne m'aliter. De plus en plus souvent. Je dors de plus en plus longtemps.

L'oiseau se pose sur l'appui de mon vasistas. Je l'ouvre chaque jour dans l'espoir de le voir. Je l'observe sans faire un mouvement. Il est joli. J'ignore le nom de son espèce. On ne me l'a pas appris. C'est une petite boule de plumes qui tiendrait dans ma main. Il est marron clair avec du blanc et du rouge sur le poitrail. Une fois, je l'ai entendu chanter. Aujourd'hui, il est plus intéressé par les miettes que j'ai laissées pour lui. Il picore en jetant des coups d'œil alentour. *Je ne te ferai pas de mal petit oiseau.* Et hop, il s'envole. Je suis en train de devenir fou.

# 20

« Il faut vraiment avoir des couilles au cul pour se jeter comme ça dans l'inconnu… Ceux qui passent le Mur, c'est eux, les vrais héros. » Les paroles de Lau me reviennent en mémoire, surgies d'un autre espace-temps. Comme je l'avais maudit, alors ! Comme ma perception de la moralité a changé ! Ce sont peut-être ses mots, finalement, qui ont guidé mon choix, qui ont fait naître en moi cet embryon de rébellion. Sans eux, cette idée d'un ailleurs possible n'aurait pas effleuré mon âme. Je ne cherche pas à être un héros. Aux yeux de qui le serais-je ? Au cent-soixante-dix-huitième jour de solitude, j'en viens à douter de ma propre existence.

J'ai peur. Bien plus peur que d'être jugé pour désertion. S'ils savaient ce que je m'apprête à faire, ils me tueraient. Et quoi ? Je serais mort, n'en parlons plus. Mais je présume qu'ils ne s'intéressent pas à mon sort à ce point. Les risques que je sois découvert sont minimes, en fin de compte. Aucune nouvelle du Commandement depuis le départ de Syl et Mar. Ils se moquent bien de mes missions. Il m'est arrivé à plusieurs reprises de ne pas prendre mon quart et rien n'est advenu. Je l'ai presque souhaité. Je ne crains pas leur peloton d'exécution. Ni même d'avoir mal. La balle qui me tuerait serait tirée par un homme dans le regard duquel je pourrais saisir une once de compassion, un soupçon de doute, voire de la haine, avant de succomber. C'est mourir seul qui me fait peur. Et l'éventualité d'être dévoré par un Monstre. Je dois aller voir, pourtant. Savoir.

La frontière au-delà des montagnes. À force de la contempler du haut de ma tour, je la rêve. Le vent venu des cimes m'appelle dans mon sommeil, me conjure de la rejoindre.

Je veux juste savoir. Il n'y a rien pour moi à l'intérieur des terres. Qu'y a-t-il plus loin que l'horizon, après les monts ? Les cartes de la Matrie s'arrêtent aux reliefs en face de moi. Et ensuite, du vide ? J'en doute. Les Brutes viennent bien de quelque part. Si elles ont tout anéanti sur leur passage, il faut que je sache. Peut-être reste-t-il des hommes après tout. La vision d'ennemis suffirait à mon bonheur, pourvu qu'ils soient humains.

J'ai pesé les risques. La possibilité que je périsse dans l'aventure est réelle. La peur de mourir dans mon lit l'a emporté sur celle d'être puni, et même sur celle de l'inconnu. Le plan que je fomente depuis des jours m'a tant diverti que je m'en félicite. Mettre au point les détails, songer à toutes les éventualités m'a occupé plus que je ne l'espérais. A réveillé mes sens, mon cerveau engourdi de routine, de l'horreur d'un lendemain semblable à la veille.

Campé en haut de mon perchoir, j'observe la ligne de crête une dernière fois. Je ne détecte dans mes jumelles aucune présence de Brutes. Le point que je me suis fixé comme but scintille dans les premiers rayons du soleil. Pour passer les montagnes, il me faudra gravir ce col d'où arrivent les Sauvages. Ce sera là que le danger d'en approcher de près sera le plus grand. Si j'y parviens, que vais-je trouver en contrebas ? Des hordes de Bêtes qui n'auront qu'à m'attendre pour me sucer la moelle des os ? Un trou béant sur des ténèbres ? J'ai peur mais je suis prêt.

J'estime la distance pour atteindre les montagnes à une trentaine de kilomètres. Plus quelques heures pour grimper au passage creusé à flan de roche. De là, je verrai bien. Mon contrat sera déjà rempli si j'y arrive. Ensuite, tout dépendra de ce que j'y trouve. Je ne pourrai pas accomplir ce périple en un jour, je le sais. Il me faudra au moins dormir une nuit dehors et manquer à l'appel. Si je reviens, j'aurai été absent deux longues journées. Si je reviens.

Je déplie l'échelle de corde. L'idée de la laisser pendre dans le vide au service des Brutes m'effraie. Ou que quelqu'un la relève quand je ne serai pas là, et m'empêche ainsi définitivement de pouvoir rentrer. Je n'ai pas le choix.

Jumelles, fusil en bandoulière. Sac sur le dos contenant quelques vivres et de l'eau.

Allez.

*

Je marche depuis des heures. Droit devant. Je me guide au soleil pour ne pas dévier de ma route. Il est à son zénith à présent et je m'accorde une pause. Mes godillots pèsent une tonne. J'ai soif et chaud. Je m'assois dans les hautes herbes qui caressent mes cuisses depuis que je suis parti. J'ai progressé lentement sur ce terrain accidenté. À l'affût du moindre mouvement suspect. Je pense être à mi-distance entre le camp et les montagnes. Je n'ai croisé rien ni personne, hormis quelques oiseaux. L'eau de ma gourde est restée fraîche. Je l'économise. Je me force à avaler une tranche de pain.

Je suis seul et pour une fois heureux.

*

Enfin !

Il me faut lever la tête vers le ciel pour en deviner le faîte. Les montagnes se dressent devant moi au soleil déclinant. J'ai dû les longer un temps pour trouver le col, unique canal où les escalader. La paroi est néanmoins abrupte et je doute de joindre son sommet avant la nuit. Je suis fatigué. J'hésite à commencer l'ascension à cette heure et dans cet état d'épuisement. Mais, avec nulle part où me dissimuler, je suis une cible parfaite si des Bêtes s'avisaient de descendre à l'instant. Ce serait stupide d'attendre là, à découvert, et de me faire attaquer si près du but. Je me décide à entreprendre de grimper le plus haut que je pourrai avant la tombée du jour. Les roches offrent des anfractuosités où me glisser pour me cacher. La pente est plus raide que je n'aurais cru. Les cailloux roulent sous mes pieds à chaque enjambée, rendant la montée pénible. Je me moque bien de ces petites contrariétés. Je vais y arriver ! Je vais être le premier homme à y arriver ! Depuis des années, ou depuis toujours, à ce que j'en sais. L'idéal aurait été que j'atteigne le sommet aux dernières lueurs et me réveille demain pour contempler l'inconnu. Avec ce terrain instable, ce sera impossible. La moitié du parcours sera déjà bien. Un pas après l'autre, calmement, pour assurer chaque prise, m'aidant de mes bras pour m'accrocher aux rochers, plaqué au plus près de ce mur. Toutes les Bêtes que j'ai vues depuis mon affectation n'avaient que des savates, des sandales. Pas étonnant qu'elles se présentent écorchées, exténuées. Il faut vraiment être proche de l'animal pour vaincre la douleur causée par ces aspérités pointues sans chaussures adéquates. Plus je monte, plus la paroi est lisse. Je prends garde à ne pas glisser. Ne pas me retrouver en bas, un membre cassé ou la tête fracassée. J'évite de penser à la descente, encore plus périlleuse, que je devrai faire, de ce côté-ci de la frontière, ou de l'autre. Je n'ai pas pris de torche. J'aurais fait une proie visible à des kilomètres. Bientôt, je n'y vois plus assez et risque de me rompre le cou. À main gauche, la pierre forme un renfoncement, une caverne plate et assez vaste où m'allonger pour la nuit. Je m'y faufile sans trop de difficulté.

En savourant mon repas, adossé contre le fond de ma grotte, je mesure ma chance. Le fromage et le pain sont bons comme jamais. Je me débarrasse de mes groles. Étends les jambes. Je vais avoir froid, sans doute. Cela m'aidera à vaincre le sommeil. Je dois rester sur mes gardes. D'autres créatures pourraient convoiter mon abri. Je pressens qu'aucune Brute ne s'aventurera dans la déclivité par si peu de clarté. Leur vision nocturne n'est pas meilleure que la mienne. Mais sait-on jamais.

De mon poste, je distingue le Mur au loin. Une masse plus claire qui s'enfonce dans le noir. Est-ce chez moi, là-bas ? Je finis par m'étendre, le fusil calé contre moi. J'écoute. Aucun bruit à part le gémissement du vent. Ne pas sombrer. Ne pas fermer les yeux.

*

Des bruissements furtifs. Un galet qui dévale la pente. Mes yeux sont grands ouverts sur le néant. La nuit est sans lune. Je ne vois rien. La peur me pétrifie. Je ne respire plus. Un réflexe de survie m'a fait me réveiller sans me redresser. Ma main se rassure au contact de mon arme. Ma conscience s'emballe. Tirer sur quoi ? Je perçois des murmures. Des Bêtes qui communiquent par des sons gutturaux auxquels je ne comprends rien. Elles chuchotent comme si elles voulaient se faire discrètes et je suis frappé par leur discernement à ne pas pousser de cris. J'ignore combien elles sont. À ce que je devine, elles descendent. Sur le chemin étroit que j'ai foulé quelques heures avant. Elles pénètrent dans la Matrie.

La peur qu'elles puissent percevoir ma présence me fait serrer les sphincters. Elles ont forcément l'odorat très développé. Je regrette tant d'avoir uriné dans un coin de ma grotte. Si elles me sentent, c'en est fait de moi. À moins de les abattre toutes.

Je n'aurais pas dû entreprendre cette expédition. J'aurais dû attendre au campement que la vieillesse me cueille. Il n'y a aucune honte à mourir dans son lit. Je vais crever là. Personne ne se rappellera de moi. J'aurais dû…

J'entends leurs pas subreptices s'éloigner, leurs marmonnements s'éteindre. Je guette. Je temporise. Seul mon cœur fait du bruit. J'ose respirer. Je me calme. Je suis seul à nouveau. Je me redresse. Empoigne mon fusil fermement.

Le noir et le silence.

C'est tout.

Ai-je rêvé ?

*

Je me remets en route à l'instant où je peux distinguer mes doigts. Je devrais attendre d'y voir clair mais j'en suis incapable. Les fourmillements au bout de mes extrémités doivent être apaisés. Ils le sont dès que je déplie mon corps. Contrairement à l'exaltation qui m'exhorte à bouger.

Une heure d'escalade minutieuse, feutrée, suffit. Les oiseaux n'ont pas entamé leurs chants que je pose le pied au sommet du col. Le passage est étroit, ne laissant place qu'à un homme à la fois. Ou une Bête. La pierre forme un tunnel bordé sur chaque côté d'une cloison à pic s'élevant jusqu'au ciel. Impossible d'où je suis d'en distinguer la cime. Je me hâte vers la lumière. Le sol est un plancher qu'on croirait façonné artificiellement. Le goulot va en s'élargissant. Je suis vite au bout. Un chemin s'en échappe, descendant en pente plus douce que sur l'autre versant. J'ai passé la frontière. Je suis dans l'innommable.

Le spectacle me déçoit. Qu'est-ce que j'espérais ? Quelque chose de nouveau. Pas cette étendue, verte, monotone, tapie de ces herbes dont je suis lassé. Le monde sous mes yeux est le même de cette face ou de l'autre de la Matrie. Rien. Que de faibles collines à perte de vue. Pas de champs cultivés. Aucun baraquement. Je sens malgré moi mes épaules s'affaisser de découragement. Mon regard s'abîme à scruter chaque parcelle de cette désolation. Les humains ont-ils tous disparu par-delà le Mur ?

Ce qui me remplissait de fierté, que mon peuple ait survécu, grâce à la décision sage et difficile de se couper de ses semblables, me semble à cet instant la pire des punitions.

Dépité, j'agrippe mes jumelles, pour une inspection, à présent que la clarté du jour embrase les prés, que je redoute stérile mais dont je dois m'acquitter. Considérer ma solitude. Ne laisser aucun doute.

Commençant par la gauche, je détaille chaque centimètre carré de mon supplice.

Rien que des herbes hautes. Des herbes hautes. Encore des herbes hautes.

Et soudain, face à moi, quelque chose !

Si loin que la lunette peine à m'en dire plus. Mais bien quelque chose.

Un toit. Puis deux. Des bâtiments dont j'ignore l'usage. Humains assurément ! Mon cœur rate une pulsation. Je respire fort, je m'en rends compte. Je suis à bout de souffle devant une telle révélation. J'ai peur de me tromper. Alors, je recommence à regarder, après avoir fermé les yeux une seconde. Etait-ce un mirage ? Une image inventée par ma soif de contact ? Je m'assois et pointe l'optique dans la même direction. Aucune erreur possible. Il y a bien un ailleurs habité par des hommes. Quelques maisons ? Une ville entière peut-être ? Un nouveau monde possible. Un monde lointain. À cinquante ? Soixante kilomètres ? Mon pouls se tranquillise. À cette distance, impossible de discerner si des êtres s'agitent. Ils seraient si petits, insaisissables dans la focale de mes jumelles. Il me faudrait plusieurs jours de marches pour atteindre ces bâtisses. Je n'ai plus qu'un quignon de pain en réserve dans mon sac. Pas assez d'eau surtout. Je n'ai plus qu'à rebrousser chemin. Rien ne presse. L'idée d'un autre quelque part suffit. Je reviendrai. J'irai. J'en ai presque oublié les monstres.

Le retour se fait sans ma conscience. Mon esprit est occupé. Il galope vers de nouveaux rêves. Quand j'arrive au campement, tout est calme. Rien n'a changé et rien n'est plus pareil.

# 21

Je redeviens un soldat à la seconde où je la vois. Je n'attendais rien de cette inspection du Mur. Je la faisais pour m'occuper plus que pour obéir aux ordres. D'habitude, il ne se passe jamais rien. Et la voilà. Une silhouette longeant la paroi. À cent-cinquante mètres, droit devant. Adrénaline. J'ignore d'où elle vient, comment elle est arrivée de ce côté de la frontière. Y a-t-il une brèche que j'aurais ignorée ? D'autres l'on-t-ils aidée à se hisser par-dessus l'enceinte ? Elle semble seule. Quand elle m'aperçoit, elle se met à courir vers l'intérieur des terres. Cible mouvante. Réflexe. J'appuie sur l'accélérateur. Ses jambes sont moins puissantes que mon moteur. Elle accélère, butte contre une aspérité du sol, chute, se relève, repart. Sa peau est foncée et ses cheveux sont noirs. C'est une femelle, jeune et frêle, d'un mètre cinquante environ. Je suis sur elle. Je freine brutalement et saute du véhicule, le lance-flammes pointé dans sa direction. Elle se fige. J'approche. Plus près. Sa bouche ouverte ne laisse échapper aucun cri. Elle demeure parfaitement immobile, comme incapable du moindre mouvement. Elle ne songe même pas à sauver sa peau. Aucun instinct de survie, c'est étonnant. J'avance encore. Elle reste là, les bras ballants. Un dernier pas, je vais lancer le feu.

Elle paraît se réveiller soudain, plonge ses yeux dans les miens. Je ne comprends pas ce qu'ils expriment. Elle ne bouge pas. Ne cligne pas des paupières. Elle fouille mon âme, l'aspire. Je vais tirer. Je serre mon arme un peu plus fermement et vise. Et je ne peux pas. Une seconde. Deux secondes. Je ne peux pas. Je tends la main vers son visage. Je ne sais pas pourquoi. Elle s'agrippe à mon avant-bras et me mord jusqu'au sang. J'empoigne une touffe de sa tignasse, la tire en arrière avec force. Je secoue sa tête en tous sens. Elle finit par desserrer la mâchoire et lâcher prise. Je lui balance une gifle. Elle s'étale. Sonnée. Je m'accroupis à côté d'elle. Elle respire, toujours dans les vapes. Je la charge sur mon épaule, la largue sans ménagement à l'arrière du fourgon. J'ignore ce qui me dicte cette aberration. Je n'en ai pas le droit. C'est plus fort que moi. Je devrais l'étrangler, la brûler sur place et je ne peux pas. Pire, je l'emmène avec moi. Comme si ma vie en dépendait. Je ne réfléchis pas, mais une évidence s'impose dans mon esprit, au-delà d'une pensée cohérente, *mettre la petite à l'abri*. Je couvre son corps inanimé d'une bâche. Il n'y a pas de caméra sur la façade du baraquement mais deux précautions valent mieux qu'une. Je conduis doucement. Mon cœur s'emballe. Je respire à fond. J'ai peur qu'elle émerge et se mette à faire n'importe quoi, dans l'affolement. Je me gare devant l'entrée. Je la prends dans mes bras. Elle ne pèse pas plus lourd qu'un oiseau. Je la porte à l'intérieur. J'hésite. Je me décide à la déposer sur le lit d'une des chambres vides, celle à côté de la mienne. On dirait qu'elle dort. Je repars en vitesse à la cuisine. Où est cette foutue corde ? Je suis sûr d'en avoir vu une quelque part. Troisième placard. Je m'en empare et cours. J'attrape son poignet droit et je l'attache, serré, contre le montant du lit. C'est sommaire, mais provisoire. Je la contemple. Je ne comprends pas ce que je ressens. Je devrais l'étouffer, là, maintenant. Tout redeviendrait simple. Me ressaisir. Faire ce que je dois. Surveiller, dormir, marcher, manger, surveiller. Jusqu'à mourir d'ennui et de solitude.

Je prendrai le temps de réfléchir plus tard. Je déciderai si je peux survivre à ma honte. Celle de m'être montré faible. Celle de désobéir. Je pourrai toujours lui régler son compte quand elle ne m'amusera plus. Elle s'agite dans son sommeil mais ne semble pas encore sur le point de revenir à elle. J'ai bien besoin d'un thé.

L'eau bout à peine que j'entends des cris provenir de la pièce où je l'ai enfermée. Elle veut ma mort, ou quoi ? S'ils l'entendent, je suis perdu. Ses hurlements sont étouffés par le couloir qui coupe la baraque en deux. N'empêche, elle doit la boucler.

Quand j'ouvre sa porte, la surprise la muselle un instant. Elle reprend son souffle. Pour recommencer à donner de la voix. Les sons qui s'échappent de sa gueule sont comme des jappements, très aigus, saccadés. On dirait qu'elle beugle quelque chose comme « Bayé ». On dirait qu'elle appelle l'un de ses semblables. Est-elle stupide au point de n'avoir pas compris qu'elle est seule désormais ? Je plaque une main ferme contre sa bouche, prenant garde à ne pas me faire mordre une nouvelle fois. Elle essaie bien de m'emporter un bout de chair. Elle grogne, retrousse les babines. Ma poigne lui maintient la mâchoire fermée. Elle ravale ses cris. Mon regard dans le sien se fait dur.

— Tais-toi, lui dis-je, et je répète : Tais-toi.

J'enlève ma main, elle se remet à hurler, je la frappe, elle se tait.

Elle a compris, pour le moment. Mais j'imagine qu'elle recommencera dès qu'elle aura oublié la rudesse du coup. Je trouve un mouchoir dans l'armoire. Je la bâillonne avec. Ne sort plus de sa gorge qu'une plainte étouffée. Elle se débat, tente d'arracher le bandeau de sa main libre, puis de délivrer son poignet entravé. Je redoute qu'elle se meurtrisse à force de tirer sur la corde. Je n'ai pas d'autre solution que de river son autre bras au montant métallique. Elle abandonne la lutte. Je peux souffler un peu. La blessure à mon avant-bras se rappelle à moi.

Dans la salle de bain, je constate les dégâts. Elle m'a fait une sacrée marque, cette saleté. J'ai l'empreinte de ses dents incrustée dans la chair. La lésion saigne un peu. Ce n'est pas que ça fasse très mal, mais la peur me saisit. Est-ce que ça n'est pas déjà plus rouge que ça ne devrait ? Est-ce que la plaie va s'infecter ? Vais-je perdre mon bras ? Les Bêtes transportent des bactéries terriblement dangereuses pour les hommes. Me voilà bien puni. J'aurais mieux fait d'exterminer la créature quand je le pouvais, avant qu'elle me contamine de son virus mortel. Je touche délicatement la contusion. Ça me semble plus douloureux qu'il y a une minute. Je vais mourir. C'est tout ce que je mérite.

J'ai douté de la Matrie. J'ai douté parfois de l'existence même des Bêtes. Je n'ai plus aucun doute à présent. Tout est vrai. Qu'est-ce qui m'a pris ? Je me regarde dans le miroir. J'ai la même tête que toujours. Ça ne sert à rien de se torturer l'esprit, de toute façon. Le mal est fait. Si j'en crève, ça sera bien fait pour moi. Je renifle mon bras. Ça ne sent rien d'anormal. L'alcool que je verse dessus pique un peu. Je me confectionne un bandage. Eviter de voir la marque. Éviter d'y penser.

Je reviens dans sa chambre. Il faut que je me débarrasse d'elle. C'était puéril de vouloir la garder. Un caprice. Une folie. Mes doigts agrippent son cou. Je serre. Je sens son pouls qui palpite dans ma paume. Elle semble résignée. Elle ne se défend pas. Son visage s'empourpre. Encore quelques secondes… Je ne peux pas ! Pourquoi est-ce je ne peux pas ? Ce ne sont pas ses yeux, trop noirs. Peut-être ses cheveux, qui me rappellent ma mère, mes sœurs, n'importe quelle femme. Je n'en ai plus vu depuis si longtemps. Si elle avait été un mâle, l'idée de la sauver me serait-elle venue ? Je suis certain que non. Je pose une main sur sa chevelure brune. C'est doux malgré la crasse. Je la gifle de dépit. Je risque tant. À cause d'elle, j'encours le peloton d'exécution, ou la pendaison s'ils m'estiment indigne de périr par les armes. On n'a pas le droit d'avoir des animaux qui ne soient pas utiles. Pas seulement les militaires. Personne n'a le droit. C'est un délit. Les animaux sont mangés, traits ou dressés à la garde, au combat. On ne les caresse pas. Alors, une Bête ! Je n'ai vu trace, dans *Le Guide*, d'aucune peine qui sanctionnerait un acte aussi grave que de tenter de domestiquer une Bête pour son plaisir. Il faut être immoral, inconscient rien que pour envisager la chose. Elle n'est pas concevable. Leur présence parmi nous met en danger la sécurité de la Matrie. Elles sont contagieuses, néfastes, menaçantes. Je perds la raison.

Elle pleure. De terreur, elle a souillé le matelas sur lequel elle est allongée. C'est ma faute, j'aurais dû y penser. Il faudra que je lui apprenne à faire ses besoins à heure fixe et où il se doit. Et voilà que je lui envisage un avenir, et à moi aussi par la même occasion. Une douche s'impose. Elle sent l'urine, la sueur. Je m'assois à côté d'elle sur le lit. Je dois la détacher. Je saisis son menton, la force à me regarder. J'arme le poing, fais mine de la cogner, puis de défaire ses liens, de la cogner encore.

— T'avise pas d'essayer de me mordre ou de t'échapper, sinon je t'assomme !

Je ne sais pas si elle comprend. J'ignore quel est le degré d'intelligence de son espèce. Son instinct, au moins, doit lui dicter de se tenir tranquille. Les larmes coulent le long de ses joues. Elle plisse les paupières quand elle pense recevoir un coup. Je dénoue la corde, elle ne bouge pas. Je lui laisse son bâillon et lie ses poignets ensemble, sur le devant. Je la fais se lever et l'entraîne aux toilettes. Elle a un mouvement de recul à l'idée de pénétrer dans cette pièce exigüe. Elle n'a jamais dû voir un tel endroit. Je baisse son pantalon, sa culotte et la force à plier les genoux puis l'installe sur la cuvette. Elle vide ses intestins, comme par réflexe. C'est bien.

Dans la salle de bain, je retire l'entrave, le bandeau et lui enlève les frusques qu'elle a sur le dos. Une paire de godillots usés. Des vêtements et sous-vêtements élimés, noirs de saleté. Je les brulerai dès que possible. Elle se laisse faire docilement durant toute l'opération. Qu'elle est maigre ! Ses cheveux couvrent ses hanches. Je les soulève pour l'étudier. Je peux compter ses côtes et ses vertèbres. Elle paraît longue malgré sa taille, elle est si menue. Le haut de sa tête arrive sous mes aisselles. De face, sa morphologie est en tout point semblable à celle d'une fille. Elle a de petits seins naissants qui pointent à peine. Du duvet à l'entrejambe. Si elle était humaine, je lui donnerais douze, treize ans. J'ignore où elle en est de sa croissance, quel peut être son âge. Je crois que les Bêtes se développent plus vite que nous et qu'elles vivent moins longtemps.

Durant tout le temps de mon examen, elle tient les yeux baissés. Quand elle les plonge dans les miens, je suffoque. Ils sont noirs, bien sûr. Mais tellement expressifs. Ce sont ces yeux évidemment, plus que sa physionomie générale, qui m'ont empêché de la tuer. Sauvages et pourtant si différents de ce que j'attendais du regard d'une Bête. L'iris, contrairement aux gravures les dépeignant, n'occupe pas toute la surface de l'œil. Je pensais qu'il n'y avait que les humains qui présentaient cette caractéristique physique. Un rond coloré entouré de blanc. Cela ne se voit chez aucun animal. Les légendes prétendent que c'est la cohabitation de l'homme et du loup qui nous a marqués de cette singularité. Alliés dans la chasse, ce rétrécissement de l'iris aurait permis au canidé de mieux suivre les mouvements oculaires de son maître. Je suis stupéfait de cette découverte chez elle.

Je la place sous le jet d'eau chaude, l'aide à se savonner. Je frotte fort pour qu'elle soit bien propre. Puis je l'enveloppe de ma serviette.

— Il faut qu'on te trouve des vêtements. Tu peux pas te balader toute nue.

Elle me suit jusqu'à sa chambre. Dans l'armoire, je sais qu'il y a des uniformes. Je déplie une combinaison. Le slip que je trouve sera trop large, tant pis, c'est mieux que rien. Je ferai tourner le stock de ses tenues, puis je les laverai moi-même. Impossible de les confier au service de buanderie qui s'occupe habituellement de mon linge. L'habit est beaucoup trop grand pour sa taille. Je retrousse les manches, les bas du pantalon. Ça ira. Elle a l'air calme. Je ne me méfie pas. Elle se relève d'un bond, me bouscule et s'engouffre dans le couloir, d'où l'on vient. Elle a repéré la porte d'entrée. Déjà, elle saisit la poignée, tire de toutes ses forces. Elle ignore comment la déverrouiller.

Elle s'escrime, s'acharne en vain. Elle hurle : « Bayé ! »

Je lui mets une raclée qui fait saigner son nez. Je n'arrête de frapper que quand mon bras tétanise et que j'estime que c'est assez. Je lui ai ôté l'envie de recommencer. Cette fois, la douleur lui rappellera de ne rien tenter de fâcheux pendant un long moment. J'y suis peut-être allé un peu fort, mais j'espère réussir à la dresser. Bien sûr que j'y arriverai. Il n'y a pas de raison que l'éducation d'une Bête soit différente de celle d'un chien ou d'un enfant. Je me souviens des coups de trique que m'infligeait Alba. J'en ai encore les marques sur le corps. Pour mon bien. Quand je suis arrivé à l'Académie, j'étais prêt à obéir, écouter, apprendre. On n'arrive à rien sans discipline. Ma mère n'a eu de cesse de me faire plier. Je lui en suis reconnaissant. Sûrement que la petite créature qui git là sur le carreau n'aura pas cette faculté de résilience. Mais la méthode punition-récompense a fait ses preuves. Elle fonctionnera certainement avec elle. Elle saura vite qui est son maître, elle cessera de mordre la main qui la nourrit.

Je me rends compte, par association d'idées, que j'ai raté l'heure du déjeuner. J'ai eu tant à faire que je n'ai pas vu passer le temps. Il est 16 h déjà. J'ai faim. Je la traîne sur le carrelage jusqu'à la cuisine. L'avoir à l'œil. Je la redresse, l'assois contre le mur face à moi. Pour qu'elle jouisse du spectacle. Je sors du placard du pain et du fromage. Elle m'observe. Je mâche lentement. Depuis quand n'a-t-elle rien mangé ? Elle pleure à nouveau. Une trace de morve coule de sa narine, se colle au sang.

— T'as faim ? je lui demande.

Ses grands yeux noirs, implorants, me font pitié. Pour un peu, on jugerait qu'elle comprend ce que je dis. Je me lève chercher un paquet de biscuits. J'en ai en réserve. Je remplis un verre d'eau. Je m'accroupis près d'elle. Je vais vite savoir si elle a retenu cette première leçon. Si elle se jette sans retenue sur le gâteau que je lui tends, je devrai l'affamer plus longtemps. Ma main s'approche de sa bouche. Elle montre les crocs mais ne grogne pas. Je glisse lentement le biscuit entre ses dents fermées. Elle entrouvre la bouche et saisit un petit morceau de la friandise. Elle le grignote ainsi jusqu'à ce qu'il n'en reste plus. Elle boit l'eau par lampées au fur et à mesure que je la lui verse.

— C'est bien. Doucement. Ça va mieux, hein ?

Ses yeux se ferment d'aise. Elle a l'air épuisé. Elle l'est peut-être vraiment. Je ne sais pas combien de kilomètres elle a dû parcourir pour arriver ici. Je ne sais pas d'où elle vient. Elle marche sûrement depuis des jours. Je la soulève. Où l'installer, finalement ? Je décide que je pourrai mieux la surveiller dans ma chambre. Quand je la pose sur mon lit, elle dort. Je l'attache à nouveau. Lui remet le bâillon. Ça ne la perturbe pas. Je dois aller prendre mon quart au mirador, leur montrer que je suis à mon poste. Ils ne m'ont rien vu faire depuis des heures. Donner le change. Quand je ferme la porte sur elle, elle respire paisiblement.

*

J'ai passé des heures en haut de la tour. Il n'y avait rien à signaler dans le lointain. La créature était isolée, comme je l'escomptais. Les caméras m'ont sûrement filmé tout ce temps. Je n'ai pensé qu'à rentrer.

Je pénètre dans la chambre sans faire de bruit. Elle est réveillée. On dirait qu'elle m'attend. J'enlève le bandeau qui lui barre les lèvres. Les coups que je lui ai donnés ont marqué son visage. Ils prennent une teinte bleue sur la pommette droite, sur la tempe également. Sa lippe est fendue.

— Tu vois ce que tu m'as obligé à faire ? Ne bouge pas, je lui dis. Je vais arranger ça.

Je sors, fais semblant de m'éloigner dans le couloir. Faux bruits de pas. Elle reste sage. Elle ne crie pas.

Je reviens près d'elle armé d'une serviette humide, d'alcool et de pansements. Je passe le tissu mouillé sur ses traits. Elle conserve les paupières closes pendant que je la nettoie du sang séché, sur ses lèvres, son nez. L'arcade gauche a saigné un peu aussi. Demain, elle aura des hématomes. Ça passera vite. J'imbibe un bout de coton d'alcool. Elle grimace quand je l'applique sur ses blessures.

— Là, sage. C'est bien, je l'encourage.

Je passe la main dans ses cheveux. Lui accorde des caresses. Ils sont secs à présent. Très emmêlés. Je sens des nœuds sous mes doigts. Je n'ai pas de peigne pour y remédier. Ils sont doux comme de la fourrure. J'approche mon visage de sa tête, hume fort. Ils sentent le savon et la chaleur animale. Je les respire un moment. Elle se rendort. Je la regarde dormir.

En termes de manipulation, nous nous valons à présent. J'ai capturé une créature et je compte bien l'apprivoiser. Je les ai leurrés et ils me mentent. Si les Bêtes existent, elles ne sont plus des milliers à tenter de rejoindre nos terres. Et nous ne sommes pas des centaines de Gardiens à surveiller le Mur. Quelques-uns suffisent à enrayer l'invasion présumée. Ils le savent. Ils se servent de nos ombres pour maintenir le peuple dans l'ignorance. Nos troupes se sont retirées des frontières du nord, j'en ai la conviction. Si je sers à quelque chose, comme quelques pauvres hères postés le long du Mur, ce n'est que de faire-valoir.

Je n'ai aucune envie d'occuper mon temps à fixer le vide. J'ai d'autres visées.

Je déplace un lit d'une des chambres vides dans la mienne. L'installe de façon à bloquer la sortie. L'agitation ne la fait pas ciller.

# 22

Elle se remplume et je maigris. Même si elle ne mange pas beaucoup, on doit partager. Le ravitaillement que l'on m'apporte est composé de denrées pour une personne seule. J'ai faim la plupart du temps, mais mon corps s'habitue. Les rations sont frugales. Elles suffisent à nous maintenir en vie. Je délaye les soupes en sachet dans deux fois plus d'eau. Ça trompe nos estomacs. Nous buvons aussi beaucoup de café allongé sucré. Elle est en pleine croissance et elle a besoin d'une quantité minimum de calories pour se développer correctement.

Mon stylo ne fonctionne plus. J'ai arrêté de noter les jours. Je m'en moque de savoir la date exacte. C'était plus déprimant qu'autre chose. Et à quoi ça servait, finalement ? Je me contente à présent de regarder par la fenêtre, faire un tour dehors et laisser mes sens expérimenter les différences de température, flairer les odeurs nouvelles, contempler les changements de couleur, et me dire en quelle saison on est.

Le printemps est arrivé, la terre s'est réchauffée et l'herbe a poussé. Le sol est maintenant couvert de touffes d'une vingtaine de centimètres de haut, d'un vert éclatant sous le soleil. J'ai renoncé à poursuivre l'écobuage. Je n'en pouvais plus de tout ce noir. Je sais que cette période est propice aux cultures. Mais je ne sais pas cultiver la terre. Et surtout je n'ai pas de graines à planter. Je ne suis pas agriculteur, je suis Gardien. Aussi loin que mon regard porte du haut des miradors, je ne vois aucune plante susceptible d'être mangée, aucun arbre en fleurs. À l'intérieur, à l'extérieur du Mur, seulement de l'herbe. Depuis qu'elle est là, je n'ai plus songé à partir. Le voyage semble impossible pour une créature si frêle. Et saurais-je la préserver des périls que je redoute, là-bas, si jamais on y arrivait ?

Elle n'a pas l'air de souffrir de la faim. Elle n'a jamais volé de vivres. Elle ne se précipite pas sur les portions que je lui prépare. Je n'ai jamais dû être trop sévère à ce sujet. Quelques tapes sur le nez ont suffi. Quant à moi, j'ai perdu un cran de ceinture. Je surveille mon poids. Je mens sur les données que j'envoie à ce sujet. J'affirme n'avoir pas minci d'un gramme. Mais cela fait plusieurs jours que la balance indique le même chiffre que la veille, j'ai donc l'air stabilisé.

*

Elle boit le liquide chaud à petites lampées. Sa tête disparaît presque entièrement dans le bol quand elle le renverse pour faire couler les dernières gouttes. Elle est installée par terre, à mes pieds. Je ne me suis pas résolu à la convier à ma table. Ça me parait incongru. Et pourtant, elle semble physiquement capable de se servir de couverts, elle est habile de ses mains. Je continue à déjeuner en premier. Elle sait qu'elle doit attendre que j'aie terminé pour avoir à manger. Elle sait que je suis son maître, que sa nourriture dépend de mon bon vouloir. Je prétends ainsi lui accorder mes miettes. Elle ignore que je fractionne nos denrées avec soin. Que je me prive pour elle. Elle ressemble tellement à une petite fille. Gracieuse. Je me demande si elle deviendra laide en vieillissant, si ses traits délicats vont s'empâter. Si elle ressemblera à ceux de son espèce. Son nez est si fin que cela semble impossible, mais je suppose que c'est inévitable. Je ne me lasse pas de l'observer. J'ai l'impression qu'elle a grandi. Elle est surprenante. Elle a fait montre d'une formidable capacité d'adaptation au cours des dernières semaines.

J'ai relu les passages du *Guide* consacrés aux Bêtes, avide d'en apprendre plus à leur sujet. Le spécialiste généticien qui a rédigé l'article y détaille ses découvertes. Il a étudié les créatures dans différents camps où elles avaient été regroupées avant leur extermination. Il semblerait que nous ayons une histoire commune, très ancienne, et que leur évolution ait été stoppée, sans qu'on s'explique pourquoi ni qu'on sache à quelle période, tandis que les humains mutaient vers la forme de vie la plus aboutie jusqu'à celle que nous connaissons aujourd'hui. Elles sont restées proches de la famille des singes et présentent de nombreuses similitudes de comportement avec leurs cousins. Agressivité, dominance du mâle dans le groupe, sexualité frénétique incontrôlable. Elles demeurent incapables de formuler un discours cohérent malgré un appareil locuteur approprié à la parole. Cette inaptitude étant due à une faible intelligence et l'impossibilité de se projeter dans l'avenir, d'avoir des pensées réfléchies, autres qu'instinctives. Leur communication est basée sur les onomatopées, exprimant des concepts simples, comme la faim, la peur, le danger… Leur système reproductif est apparenté aux mammifères, et malgré son analogie avec le nôtre sur le plan morphologique, il est identique à celui du sagouin. Périodes de fertilité durant lesquelles la femelle recherche l'accouplement, souvent avec plusieurs partenaires, qui se mènent une compétition féroce aboutissant à une mortalité élevée chez les mâles. Gestation de courte durée. Portées de trois à quatre individus… Une race erreur de la nature, destinée à tromper l'humanité ?

Nous ne pouvons nous reproduire ensemble. Les rares cas de gravidité observés, la plupart issus de viols, ont abouti à des formes graves de dégénérescence congénitale, ont donné naissance à des hybrides monstrueux qui n'ont pas survécu au-delà de quelques jours. C'est heureux, car leur contact est un danger pour notre système immunitaire. Le rapprochement avec cette espèce très belliqueuse nous inoculerait la mort, signifierait l'anéantissement de l'humanité à très court terme.

Je me demande si elles sont nombreuses à avoir survécu. Je n'ai aucun moyen de savoir si le reste du monde s'est décidé à prendre des mesures contre leur invasion. Ni si elles ont réussi à atteindre certains pays de la Fédération et ont fait des dégâts. Si ça se trouve leur propre inaction a détruit nos anciens alliés. Je n'ai vu aucun homme de l'autre côté du Mur depuis mon arrivée. Néanmoins, c'est si calme dans mon coin de globe que je doute que les Bêtes aient remporté la victoire. Vu leur taux de reproduction élevé et la courte durée de leur gestation, elles seraient des milliers à tenter de passer l'enceinte si elles avaient vaincu la race humaine.

Peut-être ai-je recueilli l'une des dernières représentantes d'une aberration génétique prompte à disparaître dans le jeu de l'évolution. Elle n'a pas l'air de présenter le moindre danger pour ma santé, quoi qu'il en soit. Mes analyses sanguines sont toujours parfaitement normales. Notre promiscuité n'a aucune incidence sur les résultats. Je n'ai subi aucune mutation. Même la morsure qu'elle m'a infligée a guéri de façon tout à fait conventionnelle. Il n'en demeure qu'une faible trace sur ma peau. *Le Guide* est ma seule source d'information concernant les Bêtes. Je suis bien obligé de m'y fier. Il m'a apporté quelques réponses. Pas toutes. Je n'ai pas réussi à en déduire son âge. Je ne sais pas quelle est son espérance de vie. Je dois peut-être envisager que son existence sera courte, qu'elle n'est que de passage.

*

Elle lève les yeux vers moi. Je lui donne une tape affectueuse sur la tête. Je lui tends un biscuit qu'elle prend délicatement et porte à sa bouche. Elle gazouille. Des onomatopées, comme le souligne *Le Guide*. Qui expriment ici sa satisfaction. Dans les légendes que me contait Alba, il y avait des chats. Mon peuple a éradiqué ces animaux inutiles et fourbes. Je n'en ai jamais vu, mais il paraît qu'ils ronronnaient. J'imagine que les bruits doux qu'elle laisse échapper sont comme des ronronnements. Elle ne crie plus depuis le premier jour. Elle a vite compris qu'elle recevait des coups en échange de ses hurlements. Elle ne pleure plus non plus. Ça ne sert à rien. Elle ne montre plus les dents. Elle m'obéit. Elle est docile. Je ne crains plus de la laisser déambuler dans le baraquement, tant que je peux surveiller ses faits et gestes. Elle ne s'éloigne jamais longtemps de ma vue. Elle a interdiction de s'approcher de la salle de contrôle, j'ai toujours peur que des micros captent sa présence.

Je ne l'ai pas fait sortir encore. Je sais que je le devrais, que c'est bon pour son métabolisme, que le grand air serait bénéfique à sa santé. Mais je redoute qu'une odeur l'excite, qu'elle voie passer un papillon ou un oiseau et qu'elle se rappelle sa vie d'avant. On dirait qu'elle a toute bonnement oublié qu'elle pouvait sortir. C'est très bien comme ça pour le moment. Elle dort beaucoup même dans la journée, lovée sur son lit. Alors, je la laisse tranquille. Il n'y a que lorsque je pars faire mes rondes que je l'attache. Et la nuit. De crainte que l'obscurité ne réveille ses instincts. Je lie maintenant sa seule main droite au montant de son lit. C'est plus commode. Ses mouvements sont moins entravés et elle dort mieux sans être ankylosée. Je déplace mon lit chaque soir contre la porte, faisant obstacle. Si elle avait la volonté de se lever, après être parvenue à défaire ses liens, elle devrait me passer sur le corps. Elle n'a plus tenté de s'échapper. Elle se souvient des corrections qu'elle a reçues. Elle a à manger et sait maintenant que je veille à sa survie.

# 23

L'été est là. Plusieurs mois sont passés. J'ai cligné des paupières et j'ai rouvert les yeux sur un soleil brûlant. La présence de ma petite a fait accélérer le temps. L'éternité pourrait filer ainsi. Je ne m'inquiète même plus de la relève tant elle occupe mes pensées.

Je ne l'attache plus. Pas même le jour de ravitaillement. Quand elle entend le camion, elle se réfugie dans la chambre et ne fait pas un bruit. À croire qu'elle comprend le péril qui nous guette. Je n'ai plus levé la main sur elle depuis des semaines. J'accomplis mon rôle de Gardien avec application. Je ne veux pas leur donner le pouvoir d'avoir des soupçons. Il me faut demeurer un soldat accompli. Du moins en apparence. J'effectue mes rondes quotidiennement. Avec en tête une seule envie, celle de revenir près d'elle.

Elle ne cesse de m'étonner. Chaque journée apporte son lot de découvertes la concernant. Je me suis rendu compte qu'elle a la notion du temps. Je m'en suis aperçu lors d'un fait qui pourrait paraître simplement prosaïque s'il n'avait révélé cette aptitude incroyable chez une Bête. Je la laisse se doucher seule. Un jour sur deux, en alternance avec moi, afin de ne pas faire grimper ma consommation d'eau. Elle a repéré les jours où c'est son tour. La première fois que je l'ai vue se diriger vers la salle de bain, avec sa serviette, sans que j'aie eu à lui montrer le chemin, j'ai cru à une coïncidence. Quand j'ai constaté le lendemain qu'elle me laissait la place, j'en suis resté sans voix.

De même, elle est capable de répéter des mots. Je suppose qu'elle n'en comprend pas le sens mais l'illusion est telle que j'en arrive à me poser des questions. Je lui désigne un objet et je le nomme. Elle le prononce à son tour. Elle semble avoir assimilé une cinquantaine de termes simples, couvrant le champ de notre vie courante. On dirait qu'elle les retient. Mon enthousiasme à lui apprendre des choses me fait divaguer. Elle répond à mes « Bonjour ». Elle dit « Merci » pas toujours quand il le faudrait et ça me fait sourire. Elle me regarde alors avec une interrogation dans les yeux. Si elle peut se projeter dans hier et demain, qu'elle se rappelle certains noms, a-t-elle la mémoire de sa vie d'autrefois ?

Nous mangeons en même temps et je lui ai permis de s'asseoir à ma table. Elle écoute attentivement mes longs discours. Je n'ai jamais autant parlé. Je lui raconte mes souvenirs et mes craintes, lui confie mes secrets. Je ne savais pas qu'il y avait tant de mots en moi. Je n'ai aucune appréhension à lui dire qui je suis. Elle ne peut pas me juger. Je ne pourrais pas faire confiance à un humain de cette façon.

*

Hier, j'ai tenté de lui enseigner les chiffres. L'expérience n'a pas été très concluante. Elle a bien répété « Un, deux, trois, quatre, cinq » après moi mais ça n'a pas semblé l'intéresser plus que ça. C'était drôle, pourtant, de l'entendre et je veux persévérer.

La table de la cuisine débarrassée, j'installe sa chaise à côté de la mienne, dans la même configuration que la veille. Je place devant nous cinq biscuits le long d'une ligne et réitère ma leçon. Je pose l'index sur chacun d'eux successivement en articulant exagérément.

— Un, deux, trois, quatre, cinq. Allez, répète, je l'exhorte.

— Un, deux, trois, quatre, cinq.

Je sors un autre gâteau du paquet et le lui donne en récompense. Elle commence à le grignoter de ses petites dents pointues.

— Bien… Plus dur, maintenant. Cinq, quatre, trois, deux, un, je fais, détachant chaque syllabe et promenant mon doigt en sens inverse de la rangée.

Elle prend un moment pour mâcher sa bouchée, l'avale et m'imite :

— Cinq, quatre, trois, deux, un.

Elle tend la main pour obtenir un autre biscuit. Elle n'a pas fini le premier. Pour un peu, je croirais qu'elle se moque de moi. Je ne peux m'empêcher de laisser échapper un rire bref. Qu'elle singe avec la même intonation.

— Allez, on recommence, dans les deux sens, maintenant, je lui ordonne. Et je redis « Un, deux, trois, quatre, cinq. Cinq, quatre, trois, deux, un. »

Je n'obtiens pas de réponse. Elle refuse de réciter les nombres. Elle a une capacité de concentration limitée dans le temps. Elle semble lassée de mon jeu, pose la tête sur son bras allongé sur la table.

— T'es fatiguée ? je lui demande, un peu déçu de son manque d'attention. D'accord, on arrête, alors. On recommencera demain.

Elle se redresse. Elle me regarde. Elle avance vers elle un biscuit, puis un autre, formant une nouvelle ligne.

— Deux.

Puis, elle joint à cette paire un autre gâteau.

— Trois.

Je suis tellement interloqué que j'en tremble. Je retire un biscuit.

— Deux, annonce-t-elle.

Elle sait compter.

*

*Le Guide* n'a pas raison sur tout. Ou peut-être qu'à l'époque où il a été écrit c'était vrai et ça ne l'est plus. Une nouvelle mutation génétique aurait-elle transformé ces êtres ? Les faisant s'approcher un peu plus de l'homme ? Est-ce pour cela qu'elle ne m'a pas rendu malade ?

Je la crois capable de sentiments. Au début, elle pleurait, surtout la nuit. Elle avait peur du noir, sans doute. Peur de se retrouver seule sur une terre inconnue, d'être la dernière de son espèce. Elle s'est habituée à moi peu à peu. Je ne crie plus. Ma patience l'a apprivoisée plus que mes châtiments.

*

Nous sortons sur le terrain devant le baraquement, à l'abri des caméras. J'angoissais à l'idée qu'elle en profite pour s'échapper, il y a encore quelques semaines de ça. Il suffisait d'une seconde pour qu'elle s'envole. J'avais beau la surveiller de près, mon cœur battait si fort que j'en avais presque la nausée. Nous risquions tellement gros. S'ils la voyaient, nous étions perdus. Comment pouvais-je lui faire comprendre ? Alors, je nouais la corde autour de son poignet et lui laissais juste assez de longueur de fil pour qu'elle gambade un peu sans nous mettre en danger. Un jour, j'ai lâché la laisse et elle est restée là, près de moi. Depuis, je lui accorde la liberté de déambuler à sa guise. Elle ne s'éloigne jamais bien loin.

L'air est chaud. J'ai étendu une couverture sur le sol. Je me suis assis en son centre, en tailleur et elle s'est allongée, la tête calée contre ma cuisse. Elle me regarde par en dessous et je contemple le tracé parfait de sa bouche. Elle lève un bras vers mon visage, me désignant le bracelet à son poignet. Un cercle de joncs grossièrement tressé. C'est moi qui l'ai fait, après qu'elle m'ait montré comment procéder et m'en ait offert un semblable, en beaucoup plus réussi. Elle a l'air heureuse de son cadeau, néanmoins. Je passe les doigts dans ses cheveux, les démêle grossièrement. J'en ai coupé les pointes. J'aime qu'ils tombent dans le creux de son dos, mais pas plus. Sa silhouette est harmonieuse ainsi. Elle se redresse d'un bond. Je la suis. Nous quittons nos chaussures. Elle court devant. La terre est sèche sous nos pieds. On l'aperçoit entre les brindilles d'herbe jaune. Elles lui chatouillent les mollets, s'insinuant le long de ses jambes de pantalon. Elle se retourne et me fixe. Elle rit. Je la rejoins. Sa peau a foncé sous l'effet du soleil. La mienne a rougi. On compare nos teints en approchant nos avant-bras, manches remontées. Je la caresse. Elle est douce.

— Je vais t'appeler Satine, je lui dis.

— Toi, Pao, elle répond.

# 24

Je sors une casserole pour faire chauffer l'eau de notre soupe. Je sens sa présence plus que je ne l'entends. Je me retourne pour la saluer. Elle est sur le seuil. En slip. La casserole tombe dans l'évier.

Elle est terrifiée. Livide. Elle tend sa paume vers moi. Elle a du sang sur le bout des doigts.

Je me précipite avant d'avoir eu le temps de penser.

— Satine ! D'où vient ce sang ? Tu t'es blessée ? Montre-moi ! Elle glisse sa main entre ses jambes, l'en ressort plus rouge encore.

C'est donc ça. Je sais ce qu'elle a. Ses menstruations. Les filles en sont atteintes. J'ai appris ça aux cours d'éducation sexuelle. Elles perdent du sang tous les vingt-huit jours. Ça prouve qu'elles sont fertiles, devenues des femmes. Ça leur arrive quand elles ont douze, treize ans. Elles ont l'obligation de se laisser pousser les cheveux à partir de ce moment, et les porteront longs jusqu'à ce que leur sang cesse de couler. Je ne m'étais jamais demandé si les Bêtes subissaient le même phénomène. Je la prends dans mes bras. Elle se blottit contre mon torse, la figure enfouie au creux de mon épaule. Elle tremble. Je cherche les mots pour la rassurer. Comment lui expliquer ce qui se passe dans son corps, alors que je n'ai que de vagues notions de physiologie et que nous communiquons principalement par gestes ?

— C'est normal. T'en fais pas. N'aie pas peur.

Voilà tout ce que je trouve à lui dire.

Je desserre mon étreinte, plante mes yeux dans les siens. J'affiche un air serein.

Comme je ne panique pas, elle semble rassurée.

— Il va juste falloir qu'on trouve comment s'occuper de ça, j'ajoute en l'entraînant vers la salle d'eau.

Ciseaux. Serviette éponge. Je découpe des bandes de coton qui devront faire l'affaire. Bien obligé d'improviser. Je baisse sa culotte, place le tissu dans le fond et remonte son slip. Il faudra veiller à changer le linge régulièrement. Elle apprendra vite. On le lavera d'eau et de savon, elle m'aidera comme elle le fait pour ses vêtements, et il resservira pour les prochaines fois. C'est le mieux que je puisse faire.

Elle me dévisage. « C'est tout ? » demande-t-elle.

— C'est tout, oui. Rien de grave.

On revient dans la cuisine et je prépare le déjeuner comme d'habitude. Elle mange ses tranches de pain avec appétit. Elle a déjà oublié l'incident.

Je ne peux rien avaler. Je revois le sang sur ses mains. Le contrecoup m'assaille. Je ne me suis pas posé de question sur le moment, j'ai agi. Je suis sidéré à présent. Je ne peux que la regarder. J'ai eu si peur. Du plus profond de mes entrailles, j'ai eu peur. La terreur s'était tue, le temps de l'action. Elle est parfaitement réveillée à présent. Si vive qu'elle me coupe le souffle.

Je n'ai jamais ressenti ça. Je me rends compte que ce que je prenais jusque-là pour de la peur n'était que faible crainte, léger tracas. L'inquiétude dérisoire de n'être plus l'un des meilleurs lors des combats contre mes camarades, de perdre des points concernant mon affectation, de prendre des coups, de me faire réprimander par les maîtres. Ces angoisses ne concernaient que moi, elles étaient ridicules. Elles ne comptaient pas.

Veiller sur quelqu'un de plus faible que soi, voilà la vraie peur. Et je prends conscience que je n'ai cessé d'avoir peur depuis son entrée dans ma vie. Peur qu'on découvre ma trahison et qu'on me punisse, bien sûr. Mais je suis terrifié surtout à l'idée qu'ils lui fassent du mal et finissent par la tuer. Nos destins sont liés, mais seul le sien importe. Je n'ai cessé d'éprouver un effroi que je prenais soin d'étouffer. J'ai peur qu'ils viennent. Que les autres Gardiens réapparaissent finalement. Que tout s'arrête.

Je ne vivais pas, avant. Je subissais les heures et les secondes, chaque jour identique, figé dans un éternel présent. Mon cœur était sec. Il s'est mis à battre. C'est la pire et la meilleure des choses. Je serai à jamais intranquille et vivant. Redoutant le danger, le changement. Toujours sur le qui-vive. Elle a fait naître en moi une étincelle que je ne saurai me résoudre à éteindre. Elle a fait naître un lendemain.

*

Elle a cueilli des baies noires qui ont taché sa paume. Depuis des jours, je la vois s'approcher de ces arbustes épineux qui prolifèrent devant notre baraquement depuis que je limite l'écobuage. Des fleurs blanches ont égayé un temps le vert des feuilles. Puis des cloques roses ont éclos, grossi, foncé. Elle en surveillait de près l'évolution. Jusqu'à aujourd'hui. Elle a récolté une poignée de fruits mûrs, si sombres qu'ils me semblent vénéneux. Elle en porte un à ces lèvres et j'ai du mal à ne pas le lui faire cracher. J'ai peur qu'il l'étouffe, l'empoisonne. Mais elle est si confiante que je la laisse faire. On dirait qu'elle a déjà mangé de ces étranges pustules constituées de petites boules agglomérées les unes aux autres. Elle mâche, avale. M'en tend une. Pourquoi pas, après tout ? Si elle doit mourir dans d'atroces souffrances, autant la suivre.

C'est délicieux.

# 25

L'automne est revenu sans que rien ne se passe de malencontreux. Les Brutes nous laissent tranquilles. Pas une depuis des semaines pour s'approcher du camp. Juste des silhouettes au loin. Bien sûr, j'ai toujours au fond des tripes l'angoisse de voir débarquer de nouveaux Gardiens. Mais je me rassure en me persuadant que s'ils avaient dû m'envoyer des comparses, ils l'auraient fait dans la foulée. Après l'arrestation de Mar et Syl. J'évite de penser à eux. Je redoute de devoir me juger un jour pour ce que j'ai fait.

Satine continue à progresser en matière de langage. Elle connaît le nom de tous les objets usuels du baraquement. Elle utilise même des mots simples pour exprimer des concepts basiques. *Faim. Soif. Lit. Dehors.* C'est étrange mais elle persiste à « gazouiller ». Il n'y a pas de terme plus adéquat pour décrire les sons qui sortent de sa bouche. Comme si elle cherchait vraiment à dire des choses dans une sorte de langage inconnu. Parfois, on jurerait qu'elle chante. Absurde. Nos conversations demeurent limitées, cependant. Je parle et elle m'écoute la plupart du temps. Je suis de plus en plus certain qu'elle a une certaine conscience de son environnement. Qu'elle pense. Un soir qu'elle me voyait d'humeur mélancolique, elle a tracé de son doigt une larme sur sa joue et a appris le mot *Triste.* Elle l'a formulé quelques fois depuis. A-t-elle voulu me signifier qu'elle ressentait cette émotion ? Ou est-ce que je m'égare à voir des signes de son intelligence quand ce ne sont que des coïncidences ? Je lui prête des sentiments qu'elle n'éprouve surement pas.

*

J'embarque ce matin pour un périple aventureux. J'ai mesuré les risques. Jugé qu'ils étaient acceptables. Je me dirige vers le campement de l'ouest. J'escompte bien qu'il est demeuré vide de tout occupant depuis la dernière fois. J'envisage de m'approcher pour le vérifier. Si je vois des indices de la présence de Gardiens, je rebrousserai chemin. Sinon, je me débrouillerai pour pénétrer dans les lieux. Vider les réserves s'ils ont laissé des produits non périssables, améliorer notre ordinaire. Du moins en quantité.

M'y voilà. Rien ne bouge à l'abord du cantonnement. Tout est silencieux, désert. Les hautes herbes envahissantes semblent confirmer l'absence d'hommes pour entretenir le terrain. Je me gare devant l'entrée. Aux aguets. Personne ne sort à ma rencontre. Je me décide à aller frapper. Je tambourine à la porte jusqu'à ce que je sois sûr qu'aucun Gardien ne serait assez sourd pour ne pas m'avoir entendu. Je ne reçois comme réponse que le bruit de mon pouls affolé. La voie est libre.

Le baraquement est semblable au mien. J'en connais les failles. Impossible de passer par l'entrée, sécurisée de plusieurs points de fermeture. Je longe le bâtiment. Les vasistas sont la faiblesse. Ils s'ouvrent peu sur l'extérieur, mais sont fragiles et facilement démontables. Je trouve une pierre de bonne taille et casse sans problème la première vitre à ma portée. Je glisse la main par le carreau brisé, déclenche le mécanisme permettant d'abaisser la fenêtre vers moi. Je m'accroche au montant en bois et, agrippé dans le vide, force vers le bas jusqu'à ce qu'il cède sous mon poids. Je n'ai plus qu'à me hisser dans ce que je sais être une chambre. Cette pièce ne m'intéresse pas. Je suis ici pour la cuisine. Les placards contiennent quelques bonnes prises. Des boîtes de conserve. Du sucre. Du café. Je déverrouille la porte et fais plusieurs voyages pour porter les victuailles dans le fourgon. Il ne sert à rien de s'attarder. Je m'apprête à partir lorsque j'avise un paquet de feuilles sur la table. Quelqu'un a écrit sur ses pages et a pris soin de les laisser en évidence. Je m'en saisis. Je fais le chemin de retour l'esprit joyeux.

*

Je débarrasse les marchandises et les range avec l'aide de Satine. La lettre que j'ai volée m'intrigue. Celui qui a recouvert la copie de ses mots voulait qu'on les lise. Une bouteille à la mer qui aurait sombré si je ne l'avais pas repêchée. Je m'assois à la table de la cantine. L'écriture est plutôt difficile à déchiffrer. Serrée comme si l'homme avait eu peur de manquer d'espace. Le billet n'est pas daté et l'état dans lequel il se trouve ne me donne pas grandes indications. L'auteur avait peut-être arrêté de compter les jours depuis son arrivée, ainsi que je le fais depuis l'entrée de Satine dans ma vie. Le papier est jauni, très sec. C'est tout ce que je peux dire. Est-il vieux d'un an ou de dix ? Je ne suis moi-même plus capable de dire depuis quand je suis là avec exactitude.

Les premières phrases confirment ce que je supputais.

*Je m'appelle Mia 4, quatrième fils de Miala Augusta Lena Marte, je ne sais pas depuis quand je suis là. Mais je sais que tout cela s'arrêtera demain. Si quelqu'un me lit, il saura donc que ces mots sont le reflet de mes dernières pensées. Je ne sais pas pourquoi j'éprouve le besoin de les écrire. Peut-être comme une preuve de mon passage sur terre. Demain, j'irai me pendre. Je monterai au mirador. J'y attacherai une corde et je sauterai dans le vide de l'autre côté du Mur. Un saut de l'ange vers un endroit que je ne connais pas. Tout plutôt que rester ici. Quand mon corps heurtera la paroi, je serai libéré. Ils finiront bien par venir me décrocher. Pour me remplacer. Ou peut-être même pas.*

*J'ai longtemps attendu la relève. Je sais maintenant qu'elle ne viendra pas. Aucun de mes compagnons n'a été remplacé. Nous étions cinq, au début, quand je suis arrivé, plein d'un bel enthousiasme. Et nous n'étions pas trop de cinq à l'époque. Les Bêtes venaient par vagues incessantes et elles étaient nombreuses. De jour comme de nuit, des meutes attaquaient. Nous prenions le quart par paire afin de ne jamais nous laisser surprendre. Et nous nous battions avec courage. Nous en avons tué des centaines le long des kilomètres de notre périmètre. Le plus dangereux. Parfois, il nous fallait même avertir les troupes postées à l'arrière, quand il y en avait trop. Deux de mes camarades ont péri au champ d'honneur. Nous cramions les cadavres le lendemain pour éviter la contamination et creusions des trous où les plonger.*

*Et puis il en est venu de moins en moins. On pouvait passer des jours sans subir d'assaut. Deux autres de mes compagnons ont été appelés à d'autres fonctions. Ils sont venus les chercher un matin et je suis resté seul. Je suis persuadé que nos troupes aussi ont décampé. J'ai continué à remplir ma mission avec entrain. Surveiller les environs, faire mes rondes, pratiquer l'écobuage préventif… Et j'ai fini par ne plus rien faire du tout. Je ne prends*

Les mots de cet homme me déchirent l'âme. Ils pourraient être les miens tant mon existence était semblable à la sienne avant Satine. Moi aussi je serais devenu fou. Moi aussi j'aurais souhaité la mort. Ils s'en balancent. Je ne suis rien pour eux, pas plus que ceux d'avant. Ils souhaitent seulement que rien ne change. Quel courage il lui a fallu pour mettre fin à son supplice.

Je lève les yeux de la page. Assise par terre, à mes pieds, elle m'observe. Elle semble se demander ce que je ressens. Je n'en sais rien moi-même. Je suis tellement triste pour cet inconnu. Pour ceux qui l'ont précédé dans cet enfer. Pour moi aussi. Ainsi, ils considèrent que nos vies ne valent rien au point de nous oublier, de nous laisser à notre solitude, jusqu'à ce qu'on en claque. Il y a un tel vide en moi à cette idée.

Je m'agenouille et la prends dans mes bras. Sans elle, je voudrais mourir, comme cet homme. Mais nous sommes deux, et ça change tout.

Je ne suis pas seulement triste, je suis apaisé. Cette lettre a confirmé ce qui aurait dû être ma plus grande crainte et m'offre finalement le plus grand des soulagements. Je n'ai plus à attendre que d'autres Gardiens viennent. Personne ne viendra.

*plus mes quarts. Je n'inspecte plus le Mur. Je me moque de tout puisque tout est vain. Ils se moquent bien de mon oisiveté puisque tout est faux. J'ai craint, ou souhaité des sanctions, au début, pour mon attitude. Tout plutôt que l'indifférence, le néant. Personne n'a trouvé à redire à mon comportement. Ils s'en foutent complètement. J'ai détruit les caméras sur le mirador, persuadé que cet acte de reddition les ferait réagir. Rien. Les caméras ne filment rien. Ce sont de simples terminaux, sans mémoire. Ils ne me surveillent même pas. Tout tombe en ruines. Je ne sais même pas s'ils reçoivent les messages de détresse que j'envoyais il n'y a pas si longtemps encore. Ils ont peut-être d'autres périls à gérer mais j'en doute. Je suis inutile mais pratique. Je sers leurs visées.*

*Ils font croire au peuple qu'il arrive toujours autant de Bêtes, alors qu'elles ont cessé de tenter le passage. J'ignore pour quelle raison. Le fait est que je n'en ai plus vu s'approcher depuis des mois. Je suis leur alibi. Ma présence ici leur permet de maintenir l'impression que nos frontières sont toujours assiégées. Comme ça, le peuple a peur et obéit. Je l'ai compris quand j'ai cessé de remplir mes fonctions. Ils se moquent que j'aie compris. Parce qu'ils savent que je mourrai ici. Je ne représente aucun danger pour eux. Il n'y a que si je disais ce que je sais que je serais dangereux. Alors, ils font en sorte que je ne puisse parler. Je ne peux m'échapper. Ils ne m'enverront aucun collègue à qui raconter tout ça. Ils ne me changeront jamais d'affectation. Ils attendent que je crève. Ils ont gagné. Demain, ils feront croire que j'ai péri dans une bataille. Personne ne les contredira. Ma mère emportera dans sa tombe la satisfaction d'avoir élevé un héros et tout est bien. Je ne suis pas un héros. Je ne sers à rien. Je n'en peux plus de ce semblant de vie. L'ennui, l'isolement, la désillusion sont des tortures. Mon calvaire s'arrête demain.*

# 26

Les caméras ne constituant plus une menace, je me suis résolu à faire découvrir à Satine la vue depuis la tour de guet. Quelque peu apeurée au début de se trouver ainsi à dix mètres au-dessus du sol, elle a été comme envoûtée par le spectacle, happée par les montagnes. Elle peut rester des heures, immobile, à contempler les cimes, plus vigilante, plus durablement concentrée que je ne le serai jamais. Je ne vois aucun mal, objectivement, à ce qu'elle profite ainsi du bon air. Tandis que je vaque à mes occupations, je la sais attentive au moindre souffle de vent venu des crêtes. Pourtant, sa fascination pour ce point de mire lointain, son acharnement à ne pas en détacher le regard, alors que je me lasse moi-même si vite de cette observation, a quelque chose de troublant. Cette assiduité me déplaît. Elle semble capable d'oublier de manger quand elle est là-haut, capable de m'oublier. Qu'attend-elle ? Ses pensées m'échappent, et sans savoir pourquoi, je la préfère étendue sur son lit qu'à contempler cet ailleurs-là, comme si cet espace devant était une menace pour moi. À tel point que j'ai envisagé de lui en interdire l'accès.

Depuis que je lui ai montré le fonctionnement des jumelles longue portée, c'est pire. La première fois, je m'en étais emparé car, à l'œil nu, j'avais perçu un mouvement qui s'était avéré être un groupe de quatre Bêtes cheminant près de la frontière et avais voulu les lui montrer. Dans l'optique grossissante, les individus s'étaient approchés si près d'elle qu'elle avait sursauté, puis s'était mise à genoux, cachée derrière la rambarde de bois. J'avais ri. Elle avait pâli à la vue de ces êtres. Elle craignait qu'ils approchent. Je savais qu'ils passeraient leur chemin. J'avais mis du temps à lui faire retrouver confiance pour qu'elle se serve à nouveau de la lunette. Elle en maîtrise à présent parfaitement le maniement. Elle s'y use les yeux.

*

De son perchoir, elle m'appelle. Ses cris, empreints d'une gravité, d'une insistance que je ne lui connaissais pas, n'expriment ni la peur ni la douleur. Quelque chose de nouveau qui me remplit d'effroi. Je vole en haut des marches en bois. Ce n'est pas mon nom qu'elle hurle, plutôt un ordre qu'elle m'intime. « Eau ! De l'eau ! », elle répète en me désignant une silhouette dans le champ en contrebas. Une Brute, dont elle s'est gardée de m'avertir qu'elle avançait, qu'elle a laissé venir tout près, si près. À cette distance, on devine à son ossature qu'il s'agit d'un jeune mâle. Il progresse lentement en direction des cris. Chaque pas semble lui demander un ultime effort. Il se traîne plus qu'il ne marche. Il a du mal à se tenir debout. Ses traits sont dissimulés par sa toison hirsute, aussi noire que la nuit. Je ne vois pas ce qu'exprime son regard. Tel un aveugle, les membres supérieurs tendus devant lui, remparts à d'imperceptibles obstacles, la voix de Satine lui sert de guide.

À en juger par son apparente faiblesse, il n'est pas un danger. Je n'aime pas qu'il continue à se mouvoir vers nous, cependant. Sait-on de quelle force insoupçonnée il pourrait être capable ? De quelle maladie il est atteint pour être ainsi aussi vivant que mort ?

Satine ne cesse de hurler. « De l'eau ! » Son affolement, contagieux, m'empêche de réfléchir. J'arme mon fusil, le met en joue. Elle cesse de crier. Silence. La facilité avec laquelle je m'apprêtais à ôter une vie me fait soudain horreur, dans le silence. Il me suffirait d'une pression de l'index pour que sa tête éclate et qu'on n'en parle plus. Même s'il s'agit d'une Brute, que son existence ne compte pas, je me retiens pourtant d'actionner la détente. Le combat est trop inégal. Une telle lâcheté est indigne d'un homme. J'abaisse mon arme. Il s'écroule sans que je n'y sois pour rien.

Satine reste interdite quelques secondes. Puis elle saisit mon bras, le secoue en direction de la Bête étendue dans l'herbe. Baragouine, vocifère. D'une main sur sa bouche, je la calme. La fait asseoir sur le banc tandis que je m'empresse de dérouler l'échelle de corde. Je refuse qu'elle m'accompagne tant que je ne suis pas sûr de l'absence de péril. En me voyant agir, elle devient docile. Je touche le sol de l'autre monde sans que la Brute ait bougé d'un cil. Elle est tombée en boule. Ses genoux ont plié sous son poids. Je m'approche. Satine s'est levée et me guette depuis le parapet. Je tiens mon lance-flammes à bout de bras, attentif au moindre signe de vie émanant de la créature. Il n'y en a aucun. Sa poitrine ne se soulève pas. Je la tâte de la pointe de mon arme. Aucune réaction. Du pied, je déploie son corps, le fait rouler sur le dos. Bouche ouverte, yeux mi-clos, il est mort. Je me recule, redoutant une possible contagion. Sans bruit, sans avoir attendu mes directives, Satine est là.

Agenouillée près de la Bête, elle caresse ses cheveux, dégage son front de mèches raides, découvre son visage. Si le cadavre est susceptible de lui inoculer un virus fatal, il est déjà trop tard. Elle lui ferme les paupières. Elle demeure longtemps à le contempler. Quand elle relève la tête, sa tristesse est telle que j'en frémis. Je suis incapable de bouger. Je me tiens là, interdit, à un mètre, étrangement atteint. Elle semble savoir quoi faire et moi non. Comme si un enchaînement logique de dispositions spécifiques devait suivre. Elle se met debout. D'une main ouverte me fait signe de demeurer là. Elle grimpe les degrés de corde et disparaît. Je me plie à sa volonté. Je ne fais rien. L'air est doux. Je perçois ce que j'imagine être un parfum de fleur.

Le son mat d'un objet touchant le sol. Une pelle jetée par-dessus la balustrade. Il me faudra creuser. À la suite de l'outil, un drap blanc, une serviette de coton s'envolent. Le visage de Satine surgit en haut du mirador. J'en suis soulagé. Cette émancipation soudaine et inédite dont elle a fait preuve a fait poindre en moi l'idée d'une liberté qu'elle pourrait s'accorder à l'avenir, la crainte qu'elle pourrait me quitter. Elle porte avec elle un seau rempli d'eau et nous rejoint.

Elle étend le drap à côté de la Brute. Délicatement, elle la tire par le coude et la fait pivoter, une fois, elle se retrouve face contre terre, deux fois et la voilà étendue sur le dos, le corps allongé sur une partie du linge blanc. Les gestes de Satine sont précis, comme si elle répétait une scène déjà vécue. Elle trempe la serviette dans l'eau, l'essore, s'en sert pour nettoyer la face de la Bête. Le torchon se teinte de marron dès le premier passage sur sa peau, que la crasse fonçait. À mesure qu'elle le lave, l'épiderme s'éclaire. La masse de cheveux auréole son front. Ses traits sont finement dessinés. Il n'est pas l'être repoussant des gravures du *Guide*. Il partage de fait certaines caractéristiques physiques avec celle penchée sur lui. La rondeur du crâne. Le nez droit et petit. Les lèvres pleines. Excepté Satine, je n'avais jamais observé de Bête d'aussi près, aussi attentivement. Ni de mort d'ailleurs. Je ne sais ce qui me trouble le plus. Il ressemble tellement à un humain. Pour un peu, crâne rasé, uniforme, on le croirait des nôtres. Il a l'air paisible. Elle poursuit sa toilette. Déchire le haillon qui lui sert de chemise. Le voilà torse nu. Elle frotte chaque centimètre de sa poitrine. Décharné, portant des marques bleutées, les causes de son décès oscillent entre épuisement extrême et maltraitance. Sûrement un peu des deux. Qui a-t-il croisé sur sa route qui a porté ces coups ? D'où vient-il pour être à ce point exténué ? Satine lui retire ses souliers, tire sur les pans de son pantalon, serré à la taille par un élastique qui ne résiste pas. Il est totalement dévêtu à présent. Ses organes génitaux sont en tous points semblables aux miens. Leur vue m'émeut plus qu'elle. Elle finit de le laver en passant la serviette humide sur ses pieds. S'arrête un instant pour le regarder. Se penche sur son visage, pousse les lèvres en avant, les pose en les entrouvrant dans un petit bruit qui claque, sur une paupière puis l'autre et enfin sur son front. Que signifie cette étrange succion ? Le sent-elle ? Le goûte-t-elle ainsi ? Je n'y comprends rien. Elle se relève, attend quelques instants avant de s'incliner encore. Attrape les coins du drap sur lequel il repose, recouvre son corps en entier de la trame, le borde, en a fini.

Que vient-elle d'accomplir ? Un rituel funéraire ? On dit que certains animaux se plient ainsi à des célébrations mortuaires, accompagnent leurs morts vers ce qu'ils imaginent être un au-delà. Les corbeaux, paraît-il, s'unissent dans le ciel en sinistres parades, poussent des cris déchirants lorsque l'un des leurs ne volera plus jamais. Les Brutes se prêteraient-elles donc aussi à ces sortes de cultes ? Il n'y aurait donc que les hommes pour ne pas se soucier du sort de leurs défunts ? Je n'ai connaissance d'aucune forme de sacralisation de ceux qui ont péri. Nous ne leur rendons pas hommage. À quoi bon ? Les humains ne sont utiles que vivants. Accorder de l'attention aux morts serait nous ralentir, entretenir leurs souvenirs une perte de temps. Nous vivons, nous mourons, de vieillesse, d'accident, à la guerre, à l'usine. Nous n'avons que faire de rites de passage, il n'y a pas d'au-delà. Je ne sais pas comment on se débarrasse des dépouilles. À vrai dire, je ne m'en suis jamais préoccupé. Je suppose que tout est fait pour le mieux afin de déranger le moins possible les vivants. Ça me convient. Me convenait. Je ne peux, cependant, m'empêcher de penser à Lau. Ne méritait-il pas mieux que finir dans un sac par-dessus le Mur ? Qu'ont-ils fait des charognes de Syl et Mar ? Je m'égare. Suis-je en train de perdre mon humanité au contact des Bêtes ?

Satine se saisit de la pelle. Me la tend. Elle m'a trouvé un rôle à jouer dans ce décorum. Je commence à creuser l'endroit qu'elle me désigne, à quelques pas du mort. Quand j'ai presque terminé, je marque une pause. Elle me dévisage. Il y a dans son regard une tristesse inédite. Une sorte de sérénité aussi.

— Pourquoi tout ça ? Pourquoi tout ça pour lui ? je demande.

— Un comme moi, elle répond.

— Comment ça, comme toi ?

Elle se tait. Ne trouve pas les mots. À moi de remplir les blancs, de tenter de comprendre. Je me souviens de son affolement à la vue du groupe de Brutes dans le lointain, la fois où elle avait expérimenté les jumelles. Alors qu'elle a laissé venir celui que je porte maintenant dans le trou. Elle l'a laissé approcher, sans me prévenir, l'a appelé peut-être. Ainsi, il y aurait plusieurs races de Bêtes ? Dont certains seraient ses ennemis, tandis que d'autres seraient ses… quoi ? Ses semblables ? Je ne distingue moi-même pas vraiment de différences entre eux. Suis-je donc aveugle ?

Je recouvre la tombe de dernières pelletées de terre. Une pensée terrifiante se fiche dans mon esprit. Elle l'a laissé venir. Elle voulait qu'il vienne. Elle le voulait vivant. Qu'aurions-nous fait de lui s'il avait survécu ? Imagine-t-elle que j'aurais accueilli cette Brute dans mon foyer, notre foyer ? Cette bouche supplémentaire à nourrir ? Croit-elle que je nous aurais mis en danger pour cet étranger ? Que je suis prêt à fonder une communauté de Brutes ?

Mais surtout, elle est prête à accepter un nouveau venu chez nous. Je ne le suis pas. Elle me suffit. J'en tremble. Je ne la laisserai plus monter au mirador.

# 27

Il fait froid. Une pellicule de gel a couvert le sol. Du givre blanc à perte de vue. Un sale vent accentue la chute des températures. On l'entend hurler à soulever la tôle qui nous sert de toit, par bourrasques. La chaudière est tombée en panne. Quand je m'en suis rendu compte, on frissonnait déjà. J'ai essayé de la faire redémarrer mais ça a été peine perdue. Je suppose que l'alimentation en gaz est interrompue. Ça arrive de temps en temps. Je nous revois emmitouflés dans l'appartement d'Alba, attendant que la chaleur revienne. Ou à l'Académie. Ils prétendaient que les coupures étaient programmées, qu'il y avait trop de gens à chauffer en même temps, que nos réserves n'étaient pas extensibles à l'infini et que la Matrie se chargeait de répartir le flux selon les besoins, pour le bien de tous. Ou que des pipelines avaient été endommagés lors de combats et que les ouvriers étaient à pied d'œuvre pour réparer les dégâts. Ces coupures ne m'avaient jamais préoccupé outre mesure. Le gaz finissait toujours par alimenter les tuyaux de nouveau en des temps relativement restreints. Ma situation n'est pas du tout la même ici et je ne sais pas à quel point je dois m'inquiéter. Je n'ai aucune envie de leur signaler la panne. Soit ils envoient quelqu'un pour me sortir d'affaire et je préfère éviter la potentialité qu'ils découvrent la présence de Satine. Soit ils ne prennent pas du tout en compte mon signalement et se moquent bien de me laisser crever de froid. Je n'ai qu'à espérer que la chaudière se remette à marcher toute seule, rapidement.

Nous déjeunons d'une soupe que je n'ai pas pu faire réchauffer, étant donné que la cuisinière fonctionne au gaz elle aussi, et d'un bout de fromage avec du pain. Assise en face de moi, Satine grelotte. Elle a remonté sur ta tête la couverture que je lui ai posée sur le dos et ressemble à une petite vieille. Sa main tremble tandis qu'elle porte la nourriture à ses lèvres.

— T'as froid ? je lui demande bêtement.

— Froid, elle répond.

Si j'y réfléchis de façon rationnelle, il y a peu de risque qu'on finisse congelés. Dehors, la température devrait atteindre au pire les -15 degrés aux petites heures du jour, ce qui nous assure entre 0 et 5 degrés à l'intérieur. Mais c'est une estimation à la louche et si le vent ne cesse pas, je ne garantis rien. Pas question de prendre une douche pour espérer un quelconque réconfort, évidemment. Il faudrait qu'on puisse manger chaud, pour le moins, et en quantité suffisante, mais là aussi, la conjoncture n'est pas des plus favorables. Le ravitaillement aura lieu dans deux jours selon mes calculs et nos rations s'amenuisent. Le surplus volé dans le baraquement de l'ouest est un lointain souvenir. On ne peut pas augmenter les doses au risque d'en manquer demain. Sans être perdue, la situation est inconfortable, pour ne pas dire alarmante. Je ne vois rien d'autre à faire qu'attendre. Qu'on soit livrés en nourriture. Que cette satanée chaudière reprenne vie.

Et si elle persistait à rester en panne ? Ça deviendrait vraiment problématique. Le cœur de l'hiver est devant nous. On ne tiendrait jamais comme ça pendant plusieurs semaines. Alors, quoi ? On pourrait essayer de s'enfuir. Mais comment ? Je sais d'expérience que nous n'irions pas loin à pied, qu'il n'y a rien pour nous servir de refuge à des kilomètres à la ronde.

On pourrait prendre la voiture et tenter le tout pour le tout. Cent kilomètres au maximum. On filerait droit vers l'ouest… ou le mieux serait de s'emparer du fourgon de ravitaillement. L'homme est seul. Facile à maîtriser. Il faudrait que je le tue. Ou que je le ligote. Le temps qu'ils viennent le délivrer, il serait mort. Ma conscience s'en accommoderait. Ces camions sont alimentés en essence, ils ont une autonomie plus grande. Mais je ne sais pas où ils font le plein. Et je ne sais pas d'où cet homme vient ni où il va, si son réservoir est presque vide ou presque plein quand il arrive ici. Je ne sais rien ! Quel soldat d'élite je fais !

Et supposons qu'on réussisse à s'emparer du véhicule, où irions-nous ? Les campagnes sont très peu peuplées, constituées principalement de terres agricoles avec en périphéries des fermes. Dans ces fermes, tout le monde se connaît. Nous serions d'emblée des intrus, une menace. Nous aurions plus de chance de passer inaperçus dans une grande ville. Hormis Vilona, il y a cinq autres grandes cités dispersées sur le territoire. Mais là encore, il nous serait difficile de subsister. La Matrie octroie une place à chaque individu. Tout élément nouveau est suspect dans le système mis en place. Chacun a un endroit où dormir, dans des dortoirs proches des usines ou des entrepôts de vivres. Seules les femmes bénéficient d'une relative indépendance, d'un logement personnel où élever leurs enfants. Surtout, chacun a un endroit où manger, ou chercher sa nourriture. Tout homme est répertorié et l'on veille à ce qu'il prenne ses repas au réfectoire dont il dépend, et uniquement là. Les jeunes de six à seize ans sont pris en charge dans les Académies. Quant aux femmes, elles vont s'enquérir chaque semaine des denrées dont elles ont besoin en fonction du nombre de bouches à nourrir dans leur foyer. Tout est noté, inventorié, calculé au plus juste. Un paria n'aurait aucune chance de survie. Il serait vite repéré, dénoncé. Il n'aurait plus qu'à tenter de se terrer dans un coin sombre, se faire aussi petit qu'un rat. S'alimenter de restes pourris et d'eau de pluie, ou du fruit de ses vols, passibles d'amputation. Non, aucun homme ne pourrait survivre dans la clandestinité. Alors, un couple…

Je me rappelle où Alba est logée. À supposer qu'on se débrouille pour rejoindre Vilona, l'idée d'aller lui demander de l'aide est inconcevable. Je revois parfaitement la structure des bâtiments où on logeait les femmes et les enfants. On les appelait des gynéceums. Des immeubles de cinq niveaux comportant une trentaine d'appartements sur chaque longueur, construits en carrés, dégageant assez d'espace en leur centre pour abriter une vaste cour intérieure. On y accédait par une unique entrée. Des coursives agrémentaient chaque étage. Les petits couraient le long de ces allées. Les mères s'accoudaient à leur rebord, surveillaient leur progéniture et ce qui se passait dans la cour. Il me semble qu'Alba s'attardait des heures, penchée sur la balustrade, à regarder les allées et venues de ses voisines. Elle descendait parfois discuter avec certaines de choses dont elle me tenait éloigné, de choses qui, de toute façon, ne m'intéressaient pas. Les logements offraient tout le confort, chauffage, eau courante. Les fenêtres se rétrécissaient au fur et à mesure des étages, afin que chaque foyer bénéficie de la même dose de luminosité. On accordait à chaque mère un logis plus ou moins grand en fonction de son nombre d'enfants. Elles déménageaient souvent d'un étage à l'autre, surtout si elles n'avaient que des garçons. Des femmes, des filles jusqu'à parfois une vingtaine d'années, et des petits garçons cohabitaient donc dans ces espaces, les mêmes où j'ai vécu jusqu'à mes six ans. On croisait peu d'hommes, mais je me souviens qu'il y avait une salle de réunion en rez-de-chaussée où, parfois, des individus des deux sexes, à condition qu'ils soient pubères, se rassemblaient en soirée. Les femmes qui vivaient là n'avaient aucune intimité. Chacune était au courant de toute la vie des autres. Je n'y voyais aucun mal, à l'époque. Je comprends à présent qu'il leur était impossible de dissimuler quoi que ce soit, surtout pas Satine et moi. Je ne mettrais pas Alba en danger en l'incitant à nous cacher. D'ailleurs, le ferait-elle ? Je pressens que Celia serait plus prompte à m'apporter son aide, mais elle vit forcément dans un de ces gynéceums.

Tout ce qui me semblait juste et harmonieux est une abomination aujourd'hui à mes yeux, maintenant que je ne suis plus comme eux.

Alors quoi ? Passer de l'autre côté du Mur ? Fuir vers un monde dont je ne sais rien ? Excepté le fait qu'il est à des dizaines de kilomètres. Si loin, alors qu'il fait si froid. Satine pourrait m'apporter des renseignements précieux mais, malgré mes nombreuses tentatives, je ne parviens pas à lui faire dire d'où elle vient, s'il reste des humains vivants au-delà des montagnes et s'ils sont une menace ou une promesse. Comment pourrait-elle décrire ce qu'elle a vécu ?

Sa couverture tremblote sous ses frissons.

— On n'a qu'à attendre que le chauffage revienne. Ça va pas tarder, tu vas voir. Ça va aller, je l'informe.

Elle sourit comme si elle comprenait, comme si elle me croyait.

*

De roses, ses joues sont devenues pâles. Elle ne frémit même plus. Le bout de ses doigts, son nez sont glacés malgré les couvertures sur ses épaules. Du feu, il lui faut du feu. Une grande flambée en extérieur. C'est la seule source de chaleur que je peux lui offrir. Je vais dans une des chambres. Elle est sur mes talons. J'attrape la table de chevet, puis celle d'une des autres pièces inoccupées.

— Quoi ? elle s'étonne.

— Quoi ? Quoi ? je lui réponds.

Ça la fait rire.

Dehors, il gèle mais le vent s'est tu. J'installe les meubles l'un sur l'autre sur le terrain devant le baraquement. Le lance-flammes les embrase. Le vernis sur le bois sent mauvais et irrite les bronches, ça ne fait rien. On s'approche et on tend les mains vers l'ondulation orange et bleue. Bienfaitrice. Fugitive.

La générosité du brasier est courte et nous rentrons. Je lui sers des biscuits et nous les avalons en silence, espérant que les calories délivreront dans nos corps un semblant de bien-être. Je l'enveloppe d'une troisième couverture. On ne la voit presque plus, campée sur sa chaise, les pieds sous ses fesses, ensevelie.

Je vais à la salle de garde vérifier que tout est calme. Quand je reviens, elle n'a pas bougé. Ses extrémités sont encore plus froides au toucher. Il est tôt mais tant pis, nous serons mieux couchés. Je la transporte dans notre chambre et l'installe, emmaillotée, sur son lit. Je me cherche une couverture supplémentaire, heureux que la caserne conçue pour six personnes en soit bien équipée, et m'étends sur ma couche. Dans le noir, le froid semble plus mordant. Ce n'est pourtant pas l'ampoule nue au plafond qui dégageait une quelconque énergie. À quoi bon rallumer ? Autant dormir, si l'on peut.

Le sommeil ne vient pas. Ni pour elle, ni pour moi. Je l'entends se retourner sans cesse et sa respiration m'indique qu'elle ne dort pas. Mes pieds n'existent plus. Mes mains, coincées entre mes jambes, sont des glaçons inertes. Le froid ne sera pas assez charitable pour nous tuer sans douleur. Il préfère nous laisser aux lisières de la fin, nous tourmenter pour éprouver sa force. Nous ne mourrons pas cette nuit je présume. Pourtant si le matin pouvait venir vite, j'en serais soulagé. Je laisse mes dents claquer. J'ai la mâchoire crispée à tenter de les retenir, c'est fatigant.

Mon drap se soulève, mon matelas s'affaisse sous un poids léger comme une caresse. Elle s'allonge contre moi. Je suis alité sur le côté en position fœtale et elle glisse son corps dans le creux entre mes genoux et mon torse. Elle s'emboîte dans l'interstice telle une pièce de puzzle, posée elle aussi sur le flanc. Elle est moins sotte que moi. À la seconde où nos peaux s'effleurent, elles reprennent vie. Mes bouts de doigts se dégourdissent. Mes chevilles retrouvent leur élasticité. Notre chaleur animale va vaincre l'hiver pour cette nuit. Je la sens se détendre sous l'effet de la stimulation créée. Comme si l'on se frottait l'un contre l'autre sans faire le moindre effort. Plus besoin de lutter. M'abandonner dans cette torpeur tiède qui nous enveloppe, grandit, est une félicité telle que j'en ai peu connue. Je n'ai pas à faire semblant. Personne ne me regarde. Personne n'attend rien de moi. Même pas elle. À part rester là, sans bouger. C'est tellement bon que je me laisse m'abîmer vers les rêves. Ses cheveux sentent le propre. Mon bras la couve. Ses cuisses se lovent contre les miennes. Ses fesses menues frôlent mon entrejambe, remuent un peu contre ma verge, qui se raidit, se colle à sa croupe. Elle se tourne, se retrouve sur le dos. Dans la même position que cette fille offerte au groupe lors de l'exercice pratique à l'Académie. Son mouvement à fait déplier mes jambes, les tendre le long des siennes. Mon biceps gauche l'étreint toujours. De ma main droite, j'empoigne mon sexe dur et le libère de mon pantalon. Je ne pense plus. Je bascule de tout mon poids sur sa poitrine. Ses genoux s'ouvrent comme j'écarte les miens. Son slip est assez ample pour me laisser passer. Et je m'enfonce en elle. Je donne trois coups de rein. Je jouis. C'est tout. C'est fini.

La réalité me submerge quand je me rends compte qu'elle crie. Je me retire. Elle arrête de crier.

Qu'ai-je fait ?

J'allume la lampe de chevet. Je ne la reconnais pas. Je chasse des mèches de son front. Elle ne réagit pas. Elle est sous le choc et je prends conscience de mon acte. J'ai cru… Je ne voulais pas… Elle ne cligne même pas des paupières. Elle regarde dans le vide. Elle est partie loin. Elle se réfugie peut-être là d'où elle vient et dont j'ignore tout. Elle contemple peut-être des paysages qu'elle regrette avoir quittés.

— Bayé ? elle murmure, faiblement.

Ce n'est pas moi qu'elle appelle. Je ne l'entendrai plus prononcer le nom qu'elle m'a donné. Comme si je n'existais plus pour elle que comme son bourreau. Devenu en quelques secondes celui dont elle devra se méfier à jamais. J'ai pris sans demander. J'ai tué son innocence. Elle a eu mal. Sans doute ne sait-elle même pas d'où est venue cette douleur, que je ne soupçonnais pas de lui faire endurer. Elle est tétanisée, comme morte, je ne sais pas quoi faire et je voudrais qu'elle hurle, qu'elle m'arrache le visage de ses griffes.

— Pardon ! Je ne voulais pas ! Je ne pensais plus !

Comment j'ai pu faire ça ? D'où m'est venue cette pulsion que je n'ai pu réprimer ? Maintenant que je sais ce dont je suis capable, je ne pourrai jamais me pardonner. Le pourra-t-elle ?

Elle demeure figée. Je l'emmitoufle de toutes les couvertures de notre couche. Elles sont chaudes. Je n'en garde aucune pour moi. Je m'allonge près d'elle. Je n'ose pas la toucher. L'air ambiant est glacial. J'ai déjà froid. Je suis déjà gelé, en dedans. Je suis une bête.

# 28

Je prends soin d'elle. Elle se laisse faire comme tout si tout lui était égal. Elle n'a plus jamais ri depuis. Ni gazouillé. Elle ne m'a plus regardé. J'en crève. Je la nourris et le plus souvent je lui donne ma part. Elle mange ce que je lui offre. Je lui démêle les cheveux de mes doigts. C'est le seul moment où je peux l'approcher.

Comme un pied de nez, la chaudière s'est mise à remarcher dès le lendemain de cette nuit sordide. Nous survivons sans joie. Je me suis replié dans une des chambres vides. Pour qu'elle prenne du repos sans craindre mes assauts. J'ai du mal à dormir. Je redoute que quelque rêve excite mon penchant lubrique. Le monstre en moi s'est tu mais je reste sur mes gardes. L'idée qu'il puisse se réveiller me terrifie.

Au début, elle m'a fui. Elle restait loin de moi le plus possible. Elle s'écartait dès qu'elle me voyait. Elle refusait même de s'alimenter. J'ai craint qu'elle ne se laisse mourir de faim, alors que c'est moi le coupable. Si la Matrie savait, elle devrait inventer un châtiment à la hauteur de mon forfait. Rien ne prévoit une telle peine, car ce que j'ai fait n'est pas concevable. Je m'en moque, la torture qui m'habite est le pire des sévices. Je m'en moque de ce que j'encourrais. Seule m'importe Satine. Je voudrais disparaître afin qu'elle n'ait plus peur de moi. Malgré tout, je ne peux imaginer la laisser là, seule. Je suis son tortionnaire autant que sa survie.

*

Depuis quelques jours, elle a cessé de vouloir se cacher. Je lui parle sans discontinuer. Je lui dis et redis que je suis désolé. Elle comprend ce mot, je crois. Elle fait comme si elle ne m'entendait pas. La honte me ronge de l'intérieur. Quand je me regarde dans le miroir, malgré mon crâne toujours rasé, je ne sais pas qui est cet homme dans le reflet.

— Viens manger, je lui demande. S'il te plaît, viens manger.

Elle s'avance sans un bruit, prend place à table. J'ai posé devant elle, dans un bol, le contenu entier d'une boîte de fruits au sirop. Des cerises. Elle sait cette denrée rare. Elle a vu plein de fois cette conserve dans le placard. Il n'y en a qu'une comme celle-ci. Avec un dessin sur l'étiquette. En couleur. Des ronds rouges et joyeux. Je la gardais, n'osant l'entamer, sachant qu'elle était unique et qu'après avoir été mangée, il n'y en aurait plus. Nous avons peu de mets sucrés à déguster. C'était stupide. Je la gardais pour fêter quoi ?

Elle penche sa tête vers la faïence, en hume ce qu'elle recèle. Puis elle porte la cuillère à sa bouche et y dépose un fruit. Elle le fait rouler contre ses dents un moment. Et croque. Et avale. Ses yeux se ferment. Elle ressent du plaisir. Ça me met à genoux. Je hoquète bruyamment, surpris par l'intensité de mon émotion devant cette extase simple qu'elle goûte. Mes larmes se mettent à couler sans que je n'y puisse rien. Je ne pleure même pas en silence. Je gémis, me lamente. Incapable de m'arrêter. Je pleure sur mon déshonneur, sur le souvenir du bonheur perdu. Avant que je me transforme en sauvage.

— Je t'en supplie, pardonne-moi, je répète entre deux spasmes.

Elle me regarde, pour la première fois depuis des semaines. Elle se lève et vient vers moi. Elle me gifle. Et encore. Et encore. Sa petite main s'abat sur ma joue avec une force que je ne lui soupçonnais pas. Elle ferme les poings et ses coups pleuvent, sur mon menton, mes pommettes, mes paupières. Que cette souffrance est douce ! Je ne fais aucun mouvement pour la stopper. J'ai mal et c'est si bon. Je voudrais qu'elle n'arrête pas de me battre, qu'elle m'arrache les yeux, qu'elle me défigure, qu'elle écorche la peau de mon visage. Devenir un homme neuf sous ses coups.

Elle me frappe jusqu'à s'épuiser. J'ai peur qu'elle ne se casse les phalanges contre les os de mon crâne. Quand elle se calme, je pleure toujours. Des larmes de joie.

# 29

Satine ne saigne plus. Elle ignore ce que cela signifie, j'imagine. Je n'ose l'envisager. Je n'y ai pas prêté attention tout de suite. Ce n'est qu'au bout de quelques semaines que ce fait m'est apparu. Je n'ai pas voulu y croire, mais comment nier l'évidence ? Elle saignait régulièrement tous les mois, et puis plus rien. Plus depuis cette fameuse nuit. J'ai envisagé toutes les hypothèses qui mettaient à bas cette infamie. Je me suis persuadé qu'elle avait sûrement une physiologie légèrement différente de celle des femmes. Que ses cycles étaient capricieux, s'espaçaient pour finir pour revenir. Je me mentais à moi-même. Au fond, je savais.

Je me suis remis à compter les jours. J'ai tracé un trait chaque soir sur le mur blanc du couloir au charbon d'allumettes. Elle s'amuse à me regarder faire. Sa candeur m'épouvante. Aujourd'hui, les bâtons que j'ai dessinés indiquent soixante-deux jours depuis que j'ai recommencé à mesurer le temps. Deux mois et douze jours. Si je considère les semaines passées avant que la réalité de son état ne m'ait frappé, elle doit être grosse de trois mois et demi ou quatre mois déjà. Ce serait donc possible. Que ma semence ait germé dans son ventre ?

Nous nous couchons l'obscurité venue. J'ai réintégré sa chambre. Elle l'a voulu. Je reste dans mon lit. Elle reste dans le sien. Sa respiration s'apaise. Rapidement, elle dort, d'un sommeil sans tourment. Je ne peux la rejoindre dans les songes. Je pense trop. Je tente de me calmer, me présentant l'avenir inchangé. Elle saignera demain, c'est sûr. Ou le jour d'après. Et si non, quoi ? Cela voudrait dire que sa matrice est en train de fabriquer un être ? Fait de nous deux ? Ou plusieurs créatures hybrides, difformes, monstrueuses ? Serait-ce cela, ma pénitence ? Mais pour quelle faute serait-elle punie, elle ?

J'écoute son souffle. Il n'y a rien que je puisse faire qu'attendre. Si ma crainte s'avère, comment je lui dirai ce qu'il en est ? J'aimerais qu'elle dorme infiniment. Pour n'avoir pas à lire dans son regard l'incompréhension, la haine envers celui qui lui a fait ça.

# 30

J'ouvre les paupières. Satine n'est pas dans son lit. Mon pouls marque un arrêt. Le pire est toujours possible. Je me lève précipitamment. Elle est dans le couloir, juste derrière la porte. Elle contemple le mur sur lequel j'ai gravé les traits du temps. Je m'approche. Ce ne sont pas les décomptes des jours qu'elle regarde. Sur la paroi blanche, elle a fait un dessin. A l'aide d'un bout de bois calciné à sa pointe. Au premier plan, à hauteur de ses hanches, elle a tracé comme des triangles sans fond. Sur une ligne, des pics qui se chevauchent. Les montagnes. Plus haut, elle a esquissé des formes. Des silhouettes parfaitement identifiables. Des êtres. Un mâle et une femelle. Tous deux ont des cheveux longs. L'un des personnages a des seins, l'autre est un peu plus grand. Entre eux, trois versions miniatures des premières. Deux masculines et une féminine.

Elle se tourne vers moi. Elle approche son doigt du croquis et me désigne la petite figure au milieu, puis pointe son index vers elle. Un vertige me fait tourner la tête, au point que je dois prendre appui contre la cloison. Elle s'est peinte dans sa vie d'avant. Elle m'a fait cadeau de sa famille.

— Où sont-ils ? je murmure.

Ses sourcils relevés m'interrogent.

— Où sont-ils ? je redemande. Que leur est-il arrivé ?

Elle ne comprend pas ma question. Ou ne veut pas me dire.

Elle me tend son crayon de fortune. À moi de raconter. Je trace grossièrement une image féminine. À côté de celle-ci, chacun de mes sœurs et frères. Quand j'ai terminé, je lui montre laquelle de ces caricatures me représente. Elle s'attarde sur mon œuvre. La compare à la sienne.

— Ils sont là, je précise, en indiquant une zone sous les montagnes.

Je dessine un bloc en dessous de ses pics, le Mur, et je vois qu'elle saisit par son hochement de tête.

Elle examine sa famille à nouveau. Insiste sur la forme masculine la plus grande. Rehausse les sourcils en me regardant.

— Non, je n'ai pas de père.

Elle me dévisage.

— Triste, elle dit.

Je ne saurai sans doute jamais précisément ce qu'elle aura voulu dire.

# 31

Ce matin, elle chante. Je l'entends depuis la salle de bain. J'ai coupé l'eau du robinet pour mieux percevoir les intonations à peine audibles, la mélodie douce qui me parvient de la cuisine, au milieu des bruits d'assiettes entrechoquées. Plus qu'elle ne chante, elle fredonne. Crée-t-elle cet air au fil des mesures sortant de sa bouche ou se les remémore-t-elle de son ancienne vie ? Elle les murmure en tout cas, comme si elle n'en avait pas conscience ou ne les susurrait que pour elle-même. Je retiens mon souffle, de peur qu'elle se souvienne de ma présence et s'interrompe. Je rincerai mon visage plus tard, je respirerai plus tard, j'écoute.

La Matrie octroie aux chants une fonction sociale. Nous ne chantons qu'en groupe, lors d'occasions précises, quand notre besoin d'unité se fait sentir. Les chants nous soudent, nous galvanisent. Ils expriment notre grandeur et nos desseins. Ils sont le marqueur de notre culture commune. Nous ne connaissons que peu de refrains et nous les entonnons ensemble, en un chœur dont nous tirons de la force. Ils n'existent pas pour faire joli. Il ne viendrait à personne l'idée de chanter seul, sans raison, pour rien. Je ne l'ai jamais fait. Même au plus profond de ma solitude, aucune note n'est venue me tenir compagnie. Mon esprit est resté sec de musique.

C'est pour ça, je le crois, que l'entendre chanter chavire mon âme. C'est un présent. L'expression primale de son humeur intime. Elle alterne en boucle différentes prosodies, composant une antienne. Je sais maintenant, après avoir longtemps considéré qu'elle ne maîtrisait pas les gazouillis qui forçaient son larynx, que ces bruits délicieux sont beaucoup plus que de vulgaires cris. Je sais maintenant qu'elle chante, qu'elle crée même inconsciemment cette ritournelle, cette entêtante litanie. Elle chante comme les oiseaux, pour dire qui elle est. L'écoute en est d'autant plus bouleversante que Satine ne chante que lorsqu'elle est sans inquiétude, joyeuse. Quand elle est triste, elle ne chante pas. Durant plusieurs semaines après l'épisode tragique que nous avons vécu, elle s'est tue, morfondue des montagnes dont je lui interdis le spectacle. Alors, ce matin, je mesure ma chance, elle chante.

J'aspire une bouffée d'air. Termine ma toilette. Sans faire de bruit, je me dirige vers la cuisine. M'arrête sur le seuil. Penchée sur l'évier, elle ne m'entend ni ne me voit. Je m'approche et me lance. Je répète de mon mieux la mélodie formée des sons qu'elle vient d'expirer. Elle sursaute, se retourne vers moi. Elle rit. Elle reprend son chant, prononçant plus distinctement les syllabes et les notes puis attend. Je répète à nouveau. Elle éclate d'un rire spontané. Que j'imite également. Nous rions de concert. Nous communions.

J'ignore quelle signification cette chanson a pour elle, ou même si elle en a une. Elle n'en a aucune pour moi et cette absence de sens justement est une libération, la manifestation d'un laisser-aller, d'un lâcher-prise dont je ne me savais pas capable. Moi qui ne fais les choses que parce qu'elles sont utiles, je me retrouve à chanter pour l'unique plaisir. C'est un bonheur gratuit, nouveau. Nous finissons par nous asseoir et le silence se fait.

— Toi ? elle demande.

Moi ? Quel chant pourrais-je bien avoir envie de lui apprendre ? Ne me viennent en mémoire que des hymnes martiaux, aux refrains sans douceur. Je réfléchis. Celle-là, peut-être, enseignée par Alba quand j'étais un enfant.

*Ô Matrie, dans tes bras je suis bien*
*Aucun doute ne m'assaille*
*Car je suis un des tiens*
*Ô Matrie, tu me berces de paix*
*Et ma vie, en échange, je pourrais donner*
*Ton amour pour moi, toujours sera*
*Mon amour pour toi, jamais ne finira*

Oui, de tous les chants que je connais, celui-là est le seul qui me semble convenir. Une jolie mélodie, simple, sans prétention, sans élan belliqueux. Des mots sincères, exempts d'hostilité.

Mon timbre sera frêle, hésitant, j'en suis sûr. J'ai l'impression de me retrouver nu. J'ose me jeter dans le vide.

*Ô Satine, dans tes bras je suis bien*
*Aucun doute ne m'assaille*
*Car je suis un des tiens*
*Ô Satine, tu me berces de paix*
*Et ma vie, en échange, je pourrais donner*
*Ton amour pour moi, toujours sera*
*Mon amour pour toi, jamais ne finira*

Elle ne peut saisir les paroles, pourtant elle semble émue par ma pitoyable tentative. Sûrement parce que mon trouble est communicatif. Bêtement, je peine à refouler mes larmes. Je me sens stupide et grisé à la fois. C'est facile, finalement, de dire l'affection que l'on porte à quelqu'un. Qui ne le comprend pas.

Je me tais.

Elle tend son bras vers moi. Me touche la main. L'attrape et l'attire vers sa bouche. C'est un geste qu'elle accomplit parfois. Et je m'empresse d'habitude de me dégager de cette étreinte. Je ne sais pas ce qu'elle cherche à faire et j'ai toujours eu peur que son désir d'approcher ainsi ma peau de sa gueule ne reflète un réflexe ancestral, une emprise venue du fond des âges, de son cerveau reptilien. Qu'elle se retrouve par instants en proie à un assaut d'une survivance bestiale impossible à réfréner, celle de goûter ma chair, celle de me mordre.

Je renonce à résister, cette fois. Mon pouls s'accélère. Ses lèvres s'avancent jusqu'à toucher mon épiderme. Elle les pose sur mon poignet. Elles produisent ce petit bruit que je les ai entendues faire sur les paupières de la Brute morte. Elle change d'endroit. Les campe sur mon pouce. Je ferme les yeux. Je sens chacun de mes doigts réagir au contact de sa peau contre la mienne à mesure qu'elle les cajole de sa bouche un à un, lentement. Je n'ai jamais connu ça. Je ne sais pas ce que signifie pour elle le fait de m'effleurer ainsi. La Matric ne nous enseigne pas cet art. Nous ne nous touchons pas. Nous nous donnons l'accolade en de spécifiques occasions, c'est tout. On nous apprend à respecter une distance, notre espace vital. Se palper, se coller, être trop près ne sert à rien. C'est perturbant. Presque contre nature. Je voudrais qu'elle n'arrête jamais. C'est doux. Comme la caresse d'un papillon. Enfin, comme j'imagine celle d'un papillon car je n'en ai vu qu'en image. Je m'envole. Emporté par les ailes du délicieux insecte. Je frissonne.

Quand elle s'arrête, j'ouvre les paupières. Elle me regarde. Me tend le bras. Je m'en saisis, le tire à moi. Pose mes lèvres à mon tour sur le dessus de sa main. Malgré moi, elles créent ce claquement à peine audible, imitent celles de Satine. L'intérieur de sa paume, chaud, sent bon. Je me plais à produire, reproduire cette musique gracieuse. C'est meilleur que manger.

# 32

Nos peaux ne peuvent plus se quitter. La chaleur que dégage son épiderme quand je le caresse de ma main, sur ses bras, sa nuque, m'est devenue vitale. Satine aussi réclame mon contact. Quand je m'assois, elle grimpe sur mes genoux et blottit sa tête au creux de mon épaule. Quand nous mangeons, elle colle sa chaise à la mienne. Quand nous marchons, elle prend ma main. Je ne savais rien de tout ça. J'ignore si elle reproduit des gestes qu'elle aurait vu faire par d'autres ou si elle les invente. Je serais surpris qu'ils soient instinctifs. Dans ce cas, pourquoi mon esprit était-il incapable de les concevoir ? Si les membres de son groupe se les transmettent, alors leur civilisation est de loin supérieure à la mienne et je me suis trompé sur toute la ligne. Je n'ai pas de mot pour désigner cette attirance, l'accomplissement que je ressens dans le simple fait de la toucher. On ne donne pas de nom à ce qui n'existe pas. Et ça n'existe pas chez moi. Chez moi ? Jusqu'ici, je n'ai vécu que dans trois endroits. Le gynécéum. L'Académie. Le camp. Je n'ai choisi aucun des trois. Peut-on appeler chez soi un endroit qu'on n'a pas choisi ? Nous devons partir. Trouver un lieu où nous établir ensemble. Mon chez moi sera où Satine sera.

Faire remonter ma paume le long de son dos. Elle ronronne. J'ai peur qu'on me l'enlève. Avant elle, j'étais vide. Plein de certitudes.

Elle m'a offert sa couche à nouveau. Je m'allonge contre elle. Elle sent bon, elle est chaude et je suis heureux. Rester ainsi des heures. C'est une joie tellement plus intense que la posséder. Je ne crains plus mes égarements, mes élans de violence. Elle non plus.

Elle remplit les jours d'infimes nouveautés. Elle aime jouer. Courir devant moi pour que je la rattrape, la fasse décoller du sol, pose mes lèvres sur les siennes. Elle rit. Je ne suis capable que de l'imiter. Mon imagination semble limitée à ce qu'on m'a appris. Obéir. Servir. Elle sait inventer à partir du néant.

Dans le couloir, elle a dessiné des formes de son bout de bois calciné. Elle les a colorées en écrasant contre le mur de l'herbe et des baies. Elle a créé notre emblème. Elle m'a fait poser la main contre la paroi, doigts écartés, et en a suivi les contours avec son charbon. Puis, elle a fait de même avec sa paume, dans l'esquisse de la mienne. Ce symbole est une merveille. Je l'ai reproduit sur une plaque en bois tendre à l'aide d'un couteau et le lui ai offert. Si mon inventivité est bien loin de la sienne, je m'améliore. J'ai fait quelque chose d'inutile.

# 33

Alba est morte. Ils me l'ont appris ce matin. Par ce message inscrit sur l'écran.

« *Alba est décédée ce 12 mai à 17 h 45 en mettant au monde son neuvième enfant. Alb 5 a survécu. Il a été confié à ta sœur Celia qui veillera sur lui comme son propre fils. Alba a été élevée au rang de Sœur de la Matrie pour services rendus.* »

Voilà. Ma mère est morte et je ne ressens rien. J'ai été surpris, bien sûr. Mais ma poitrine ne s'est pas serrée. Mes pulsations cardiaques n'ont pas battu à mes tempes. Je n'ai pas envie de pleurer. Je suis nu de toute émotion. Atterré par mon manque de réaction. Elle était ma mère. Je devrais hurler de chagrin. Il y a encore quelques mois de ça, j'aurais peut-être succombé à la douleur. J'aurais sans nul doute éprouvé une immense peine. Elle était la personne qui m'aimait le plus au monde. Elle était censée l'être en tout cas. Et elle était la personne qui comptait le plus pour moi.

Je ne la connaissais pas, en fait. Elle ne m'a pas appris l'amour.

On nous dit que notre mère est notre bien le plus précieux. On nous dit que la Matrie est amour. C'est un mensonge. On nous conditionne depuis notre naissance à percevoir des sentiments qui n'existent pas. Alba elle-même n'aimait pas ses enfants. Elle l'ignorait sûrement. Elle s'est occupée de nous. Elle était une bonne mère selon la Matrie. Mais l'amour n'est pas inscrit dans les gènes. On ne le décrète pas. Je pensais l'aimer comme elle a pensé m'aimer.

Dans mes souvenirs, jusqu'à mes six ans, elle était là à faire œuvre de mère. Me laver, me nourrir. M'éduquer. Me faire rentrer dans le crâne les préceptes de la Matrie à coups de bâton. Elle nous a tous beaucoup battus. Elle avait raison. Plier, c'est ce qui nous a fait survivre. Je lui en suis reconnaissant. Si je n'avais pas obéi, je n'aurais pas connu Satine. Ni le bonheur, ni l'effroi que j'endure à l'idée de la perdre. Je suis vivant.

A-t-on jamais demandé à Alba quels étaient ses désirs ? S'est-elle accomplie dans la maternité ? Il me semble l'entendre chuchoter. J'avais trois, quatre, cinq ans et elle chuchotait. À ses voisines, elle disait des mots que je ne comprenais pas. Que se racontaient-elles, ces femmes ?

Je pense à Syl. À Mar. Qu'ai-je fait ? Je revois leurs regards furtifs. Ils peinaient à s'empêcher de se manger des yeux. J'ai cru qu'ils se riaient de moi, qu'ils m'excluaient. J'étais jaloux. Ils ne m'excluaient pas. Ils s'étaient trouvés, et je n'existais plus.

# 34

Elle a les mains posées en corolle sur son ventre rond. C'est une posture qu'elle affectionne. Je ne peux savoir ce qu'elle ressent. Elle sait, évidemment. Elle l'a su avant moi probablement. Elle n'a pas montré plus d'agressivité à mon égard, comme je l'avais craint. Elle semble avoir accepté ce contre quoi elle ne peut rien. Je l'ai accepté aussi.

L'été est revenu et son flanc a grossi. J'ai jeté *Le Guide*. À l'en croire, elle aurait déjà dû mettre bas. Sa gestation est bien avancée, mais elle n'est pas encore à terme. Il est vraisemblable qu'elle sera de longueur égale à celle d'une femme. Je n'ose imaginer les conséquences d'une telle vérité. Cela voudrait dire que… Est-il possible que je me sois fourvoyé à ce point et pendant si longtemps ? Je refuse l'évidence. Elle signifierait qu'ayant tué une Bête, je suis un meurtrier. Que nous le sommes tous.

Je m'acharne à conserver un doute. Peut-être va-t-elle être délivrée demain. D'une portée de petits monstres dont je serais le père. J'ignore quelle conjecture m'angoisse le plus. Si elle engendre des êtres hideux, cela veut dire que j'ai couché avec un animal. Si elle met au monde un enfant, je suis partie prenante d'un terrible mensonge. Je l'ai violée quoi qu'il en soit. Dans tous les cas, c'est moi le monstre.

Si nous n'avions pas de lendemain, si le temps s'arrêtait là, nous serions heureux. L'avenir me tourmente tant que j'en perds le sommeil. Je fais bonne figure devant elle. Elle affiche elle aussi un visage serein. A-t-elle aussi peur que moi ? Je suis terrifié quand je pense à l'accouchement. Mes connaissances en la matière sont plus que sommaires et seulement théoriques. Les femelles, de n'importe quelle espèce, savent-elles d'instinct ce qu'il faut faire ? Et après, comment nourrir ce qui sortira de ses entrailles ? Comment le cacher ? Qu'ai-je à lui offrir, sinon un semblant de vie ? Ne vaudrait-il pas mieux tenter de fuir tant qu'il est encore temps, que Satine a encore des forces ?

Je n'ai aucune réponse à mes questionnements. Ma lâcheté me pousse à ne rien entreprendre. Comme si la solution allait me sauter aux yeux le moment venu.

Elle est si belle qu'on dirait que rien de mal ne peut arriver.

# 35

Je stoppe le fourgon. La sensation d'avoir roulé a été étrange. Je ne m'étais pas servi de l'engin depuis longtemps. Je ne m'étais pas éloigné du campement depuis longtemps. Je suis étourdi par les kilomètres parcourus. Je n'ai pas informé Satine où je comptais me rendre ce matin. Je veux lui en faire la surprise. Après mûre réflexion, c'est le seul cadeau que je peux lui soumettre. J'ai conscience que mon périple représente quelque danger. Mais je lui dois bien ça.

J'ai retrouvé l'endroit. Celui où nous nous étions arrêtés avec Lau. Enfin, j'en suis presque sûr. La canicule de ces derniers jours m'a rappelé l'épisode avec tant de clarté que mes papilles en salivent d'avance. J'imagine Satine croquer dans un ces fruits juteux et ça me rend heureux. Je me suis mis en tête qu'en plus d'être la meilleure chose qu'elle pourrait goûter, ils seraient une source de vitamines bénéfiques à sa santé.

Même soleil de plomb. J'ai estimé, à ses rayons rasants le soir, que nous sommes à la même période de l'année. Pour un peu, Lau guiderait mes pas. Je m'enfonce dans les herbes hautes, sur le même terrain instable. À sa suite. Je glisse mes pas dans les siens. Son fantôme progresse vite. Sa grande carcasse me précède à longues enjambées. Son odeur de transpiration se mêle à la mienne.

Droit devant. J'avance sans me retourner. Poussé par l'excitation. Propulsé à l'idée du présent qu'elle découvrira bientôt. Ce n'est pas pour moi que j'avance. Si j'ai la chance de pouvoir récolter quelques-uns de ces trésors, ils seront tous pour elle. Jadis mon égoïsme m'avait bien puni. J'ai changé.

Dans quelques jours, nous partons. Nous passerons le Mur, puis les montagnes. Vers une nouvelle vie. Nous ne pouvons pas rester. Nous survivons, à deux. Nous n'aurions pas assez de nourriture pour une bouche supplémentaire. C'est trop risqué de continuer ainsi. Depuis quelques semaines, je fais provision de lait. Le prochain ravitaillement aura lieu dans quatre ou cinq matins. Nous emporterons tout. Dans des sacs que j'accrocherai à ma taille et que je traînerai derrière moi. Nous n'avons que trop attendu. La saison est propice. Les fortes chaleurs seront passées et Satine ne sera pas encore trop grosse pour une longue marche. Elle se doute d'un changement imminent. Je sais qu'elle répugne à retourner de ce côté-là de la frontière mais il le faut. Quand je lui explique qu'il faut tenter notre chance par-delà le Mur, elle fait non, non, non de la tête. Qu'a-t-elle vécu, avant, là-bas ? Je suis incapable de concevoir une organisation sociale autre que celle de la Matrie. Je ne connais que ça. Ce qui me semble notre paradis a peut-être été son enfer.

Nous devons partir. Les ennemis ne sont pas à l'extérieur du Mur, ils sont mon peuple. Chaque seconde passée sous l'emprise de la Matrie me fait horreur. J'ai été aveuglé si longtemps, comme les autres. Je ne peux me figurer ce qu'on trouvera de l'autre côté. Rien ne me paraît pire qu'ici. Ni plus dangereux.

*

Je marche depuis de longues minutes. Je suis en sueur. Chaque butte que je grimpe réveille mon espoir de tomber sur les serres. Chaque colline est un espoir déçu. Me suis-je perdu ? Ont-ils cessé de cultiver ce coin de terre ? Je ne peux renoncer. Mes doutes grandissent à chacun de mes pas. Encore une pente. Encore un monticule derrière lequel j'atteindrai mon but.

Enfin ! Les voilà ! Exactement où elles étaient autrefois. Le plastique qui les couvre scintille du même éclat ! J'observe un moment leurs alentours. Tout est calme. Je dévale le pré les surplombant. Je cours presque.

Je déploie le sac de toile. J'ai pris soin de m'en quérir. Hors de question de repartir sans en avoir cueilli le plus possible cette fois. Je soulève un pan de la protection translucide et me glisse dans le premier abri. Étuve suffocante. À quatre pattes, j'entreprends de soulever le vert à la recherche de rouge. Je ne tarde pas à trouver un fruit. Puis un autre. La récolte a bien été faite, mais les agriculteurs ont laissé ce qu'ils considèrent comme quantité négligeable derrière eux. Un festin à venir pour Satine. Je me saisis des boules écarlates délicatement, les plonge dans ma besace. Elles commencent à peser. J'en distingue une, là, d'une taille respectable, d'une rondeur parfaite. Je m'allonge de tout mon long, tends le bras, l'attrape, applique à son attache un mouvement de torsion, léger pour ne pas l'endommager.

Une douleur insoutenable agrippe mon mollet gauche.

Concentré sur ma tâche, je ne l'ai pas vu venir. Ni entendu.

Un molosse. Ses crocs sont plantés dans ma chair. Il grogne en secouant la tête pour mieux déchiqueter la viande. La souffrance est insupportable. La terreur est pire. J'ai si peur que mon mal s'estompe. D'où vient-il ? Ses maîtres le suivent-ils de près ? J'ai du mal à me retourner sur le dos tant sa prise est forte. J'y parviens je ne sais comment. Je tente de remuer ma jambe. Il la tient fermement. Il doit peser quarante kilos au moins. Dressé pour tuer. Défendre son territoire, les cultures que d'autres ont eu tant de difficultés à faire pousser. Je ne peux plus penser. Il ne lâche pas. J'arrive à prendre assez d'élan de ma jambe valide pour lui asséner un violent coup sur la gueule. Je ne peux pas crever ici dévoré par un chien. Je sens qu'il détend la pression de ses dents. J'en profite pour libérer mon membre. Il s'apprête déjà à attaquer à nouveau. Il fonce. Se jette sur moi. À portée de main, une pique en fer, un tuteur solide. J'ai juste le temps de m'en saisir avant qu'il ne s'abatte sur sa proie. Je dresse le pieu dans sa direction. Il s'empale sur l'arme de fortune à hauteur de l'encolure, s'étale sur le flanc en couinant, la pointe fichée profond. Plus il s'agite plus le sang jaillit d'une blessure dont il ne se remettra pas. Je me redresse, à bout de souffle. Tente de me mettre debout. L'adrénaline veut me porter mais faillit. Je m'écroule. Il m'a bien amoché. Ma plaie saigne abondamment. Il a mordu dans le muscle du mollet, arrachant un bout de peau. Si sa mâchoire s'était fermée sur mon tendon, j'aurais été incapable de marcher. Il le faut. Je dois fuir. Avant que les hommes viennent. S'ils me prennent, je suis perdu. Inconscient, stupide, perdu. S'ils me prennent, Satine périra à cause de moi. Ils finiront par la trouver, au camp.

Penser. Agir tel un soldat isolé tombé en territoire ennemi. Le chien. Il n'est plus un problème. Il halète, la langue pendante posée sur l'herbe. Il n'a plus la force de geindre. Ma blessure. Je défais ma ceinture, l'enroule de plusieurs tours au-dessus de mon genou. Je serre. Seule la hantise d'attirer l'attention me prévient de hurler. Je dois stopper le saignement. Perdre trop de sang signerait ma condamnation à mort, vu le long chemin qui m'attend. M'affaiblirait. Laisserait des traces visibles, faciles à suivre. Aller retrouver Satine.

Une ! Deux ! Trois ! Cette seconde tentative est la bonne et me voilà debout. Poser le pied, même furtivement, m'arrache des larmes, un cri silencieux. Sauver Satine. Boiter. Ramper s'il le faut. Avancer. Les enjambées suivantes sont plus faciles. Je m'habitue à la douleur. Je la connais, la domestique. Je trouve comment positionner ma cheville pour solliciter le muscle du mollet le moins possible, souffrir le moins possible. Je décampe. Quand les paysans trouveront leur bête agonisante, ou morte, jamais ils ne penseront à un accident. Ils chercheront le coupable. Combien peut-il y avoir d'hommes assez idiots à des kilomètres à la ronde pour avoir commis ce crime ? Mieux vaut ne pas y songer. Ne penser qu'à avancer.

Ma plaie ne saigne plus. Les descentes sont pires que les raidillons, mais ces derniers m'épuisent. Au sommet d'une pente, je m'arrête, incapable d'un pas de plus. Je m'allonge. Perpendiculaire au dénivelé. Laisse mon corps rouler sur lui-même jusqu'en bas. Mauvaise idée. J'ai gagné quelques mètres mais je peine à me relever. S'il ne s'agissait que de moi, je demeurerai dans mon trou et crèverai là. Satine. Je ferme les yeux et l'imagine. Emmenée par des militaires. Que lui feraient-ils ? Les horreurs qui me viennent en tête décuplent ma volonté. Je me remets debout. Je marche. Au milieu de la colline que je gravis, je trouve un bout de bois pour me servir de canne. Il m'entaille l'aisselle mais soulage ma jambe. Je la laisse traîner derrière moi, à présent. Chaque pas est une victoire, chaque centimètre une récompense. Le chemin était-il aussi long à l'aller ? J'ai l'impression de parcourir le monde entier.

Le fourgon ! S'agit-il d'un mirage ?

Le bruit du moteur est un enchantement. Personne ne m'a suivi.

Pas de cadeau pour Satine. Simplement moi, vivant.

Quand j'atteins le campement, elle m'attend. Son sourire se décompose. Elle se précipite vers moi. Tout devient noir. Je sombre.

# 36

Posté sur le seuil du baraquement, j'adresse un salut réglementaire aux hommes. Ils étaient cinq à être venus me poser des questions au sujet d'un chien abattu à quelques kilomètres de là. Je ne me savais pas si bon comédien. Je leur souris même tandis que leur fourgon s'éloigne. Ils s'en vont. Ils sont partis. Mon sourire se transforme en rictus. Maintenant que l'adrénaline reflue dans mes veines, la douleur reprend ses droits. J'ignore comment j'ai réussi à les duper. Je ne peux, à présent, poser le pied gauche par terre, me soutenir de cette jambe, alors que je n'ai pas boité durant tout l'entretien.

La nuit a été courte. Satine a nettoyé ma plaie, m'a bandé, m'a veillé. La fièvre m'a fait délirer. Mes rêves ont été peuplés non pas de monstres mais de militaires me faisant prisonnier. Je savais qu'ils viendraient. Tôt ce matin, j'ai quitté le lit et elle m'a aidé à m'habiller pour les attendre. Quand ils sont arrivés, j'ai respiré à fond et j'ai laissé cet autre prendre possession de mon corps. J'ai réussi, à parler, marcher, répondre à leurs requêtes, les persuader que celui qu'il cherchait, ce criminel en fuite, n'était pas moi.

Maintenant, je tremble.

Je suis à peine capable de me tenir debout. Tout ça pour quelques fruits. Quel minable je fais ! Il faudra des semaines pour que ma blessure guérisse. Ce sera alors trop tard pour entreprendre notre exil. Satine sera trop près du terme. Tous mes plans s'effondrent. Qu'ai-je fait ? Il nous faudra tenir avant de pouvoir envisager à nouveau de partir, nous restreindre, en espérant que les provisions suffiront à nous nourrir quand nous ne serons plus seulement deux. D'ici là, je me priverai de tout pour expier ma bêtise.

# 37

Le travail a commencé depuis des heures. La douleur est allée en s'intensifiant. Satine gémissait, au début, elle hurle maintenant au rythme des vagues de souffrance qui la plient en deux. La seule chose que j'ai trouvée à faire pour l'aider a été d'installer un matelas dans la cantine pour qu'elle soit plus à l'aise. Je l'ai couvert de serviettes propres. Je me sens stupide de ne pouvoir faire plus. Après être longtemps restée accroupie, elle a fini par s'allonger. Je lis la terreur dans ses yeux. J'essaie de l'apaiser de mots qu'elle n'écoute pas. J'ai mal avec elle. Chaque cri qu'elle pousse déchire mon cœur. J'ai peur. Je ne sais pas plus qu'elle si son supplice est normal. Il me semble interminable, insupportable. Je me demande si elle n'est pas en train de mourir.

Elle est nue. Elle a placé ses mains sous ses cuisses, forçant l'écartèlement de ses jambes. Je me décide à m'approcher, je m'agenouille, m'oblige à regarder. J'ai un mouvement de recul que je ne peux réprimer. Elle ne l'a pas remarqué, elle a les yeux fermés, clos par un spasme. Je n'ai jamais rien vu d'aussi impressionnant de toute ma vie. Je n'étais pas préparé à une telle laideur. Son sexe est béant. Comme si elle allait se fendre en deux. Il en sort une matière gluante teintée de sang.

Elle prend une profonde respiration, bloque l'air dans ses poumons puis l'expire en s'égosillant. Son corps entier se crispe, tous ses muscles sont bandés dans un même effort. Je me ressaisis. Vu ce qu'elle subit, je me sens misérable. La vision m'est moins pénible, à présent que je sais à quoi m'attendre.

Une boursouflure apparaît. Je n'arrive pas à distinguer si Satine se vide de ses viscères ou si la naissance est proche. Elle se contracte encore pour forcer le parasite à libérer son ventre. Sa tête sort d'un coup, dans un magma de tissus organiques. Je n'ose pas l'attraper. Je ne sais pas si je suis censé la tirer vers moi ou attendre. Je crains de l'arracher, de la séparer du tronc. Mais déjà les épaules se faufilent dans le passage étroit. Mes mains, dans un réflexe, viennent se placer, l'une sous le petit crâne, l'autre dans son dos. Satine retient son souffle. Elle est aussi interloquée que moi. Son calvaire semble s'être atténué, tandis que j'accompagne l'expulsion. Je tiens une nouvelle vie dans mes paumes. J'en tremble. Mes doigts glissent contre cette peau recouverte de mucus et de sang. C'est une fille. Et malgré les souillures qui constellent son visage, malgré ses traits déformés par ses premiers sanglots, elle est la plus belle chose du monde.

Je la pose sur le ventre de sa mère. Je la caresse doucement à l'aide d'une serviette, la nettoie grossièrement. Satine a l'air épuisée, ébahie devant ce qu'elle vient d'accomplir. Je l'embrasse sur les cheveux. Elles sont toujours reliées par le cordon. Il faut les séparer, je l'ai appris en cours. Je cherche les ciseaux. Quand je taille, la sensation est très désagréable mais ni l'une ni l'autre n'a l'air d'en souffrir. Je remplis une bassine d'eau chaude, heureux d'être enfin utile. Je mouille un linge et entreprends de laver chaque centimètre carré de cet épiderme si fragile. Elle a trouvé le sein et tète en s'endormant.

— Si on l'appelait Bayé ? je propose.

Satine m'observe. J'ignore ce que Bayé veut dire. Elle n'a prononcé ce mot que quelques fois. Toujours lors de moments d'intense émotion. Désigne-t-il un être cher qu'elle a perdu ? Il me semble faire sens pour baptiser notre merveille.

Elle regarde sa fille. Pose un baiser sur son front.

— D'accord, chuchote-t-elle.

Je sais pourquoi je suis sur terre.

# 38

Nous manquons de tout pour Bayé. Satine l'allaite, mais j'ai beau me priver, elle a faim. Elle s'affaiblit et je crains des carences qui nuiront au développement du bébé. Nous n'avons pas assez de linge pour la langer. Nous l'emmaillotons dans des sous-vêtements d'hommes et la couvrons de serviettes en coton. L'automne est clément mais l'hiver à venir m'affole.

Comment élever un enfant dans ces conditions ? Qui m'assure que personne ne viendra jamais ? Nous séparer. Nous tuer. Les tuer. Impossible de se projeter dans les années qui viennent. Notre situation est intenable. Je devrais ressentir une joie infinie pour le cadeau qui m'a été fait. Je ne peux faire taire mon épouvante.

Je garderai des séquelles de la morsure que j'ai subie. Je boiterai à vie. Bien fait pour moi. Mais, en serrant les dents, j'y arriverai.

J'ai laissé à Satine un mois pour se remettre. Elle a perdu beaucoup de sang et de force lors de l'accouchement. Mais nous n'avons que trop tardé. Je lui ai appris à manier le fusil, on ne sait pas ce qui nous attend. Nous sommes prêts à tenter l'aventure. Si nous ne décidons pas de fuir maintenant, la chute prochaine des températures nous condamnera à attendre le redoux. Je m'y refuse.

# 39

Nous attendons le ravitaillement. Ce sera le dernier. Nous fuirons avec le plein de nourriture. Notre équipage n'est déjà pas des plus alertes. Satine est encore faible, je boite toujours et Bayé est si petite. J'ignore combien de temps il nous faudra pour atteindre les montagnes, et encore moins pour parvenir aux bâtiments que je sais si loin. J'ai prévu de remplir deux grands sacs que je nouerai à ma taille. Satine portera Bayé. Nous avancerons lentement, je le crains. Nous aurons besoin de toutes les ressources possibles.

Le camion arrive, se gare devant le baraquement. L'homme descend et, comme d'habitude, je vais à sa rencontre. Ne surtout rien laisser paraître de mon agitation. Faire comme à l'accoutumée. Nous nous saluons. Il se dirige vers l'arrière du fourgon, déverrouille la porte, je suis sur ses talons. Il empoigne un carton rempli de boîtes de conserves et me fait signe d'attraper le suivant. Je me penche pour le saisir.

Les pleurs de Bayé déchirent le silence.

L'homme marque un temps d'arrêt. Les sanglots de la petite ont cessé. Il ne peut pas ne pas les avoir entendus. Elle et Satine sont cachées dans notre chambre, assez loin de l'entrée, pourtant. Je n'avais pas pensé à ça. J'ai le cœur qui bat si vite que j'ai du mal à respirer. *Ne pleure pas, Bayé, ne pleure pas, je t'en supplie.* Je tousse. Il me regarde et se remet en route vers la cantine. Je le suis. Nous pénétrons dans la place. Il pose son colis sur la table. Je fais de même. Il agit comme s'il n'avait pas perçu les cris. Est-ce une ruse ? Ou se dit-il qu'il a rêvé ?

Il sort. M'adresse un signe de tête. Je le lui rends. Il monte dans son camion. Démarre. S'en va.

J'attends quelques minutes, à reprendre mon souffle, les bras ballants, au centre de la pièce. Je n'en reviens pas de notre chance. Ou du désir de cet homme de ne pas brusquer sa routine. Le moteur s'est tu. J'écoute. Tout est calme.

Je m'apprête à aller rassurer Satine. Lui dire que tout va bien. Je fais un pas en direction de la cuisine.

Un coup dans le dos me fait perdre l'équilibre. L'homme est revenu, à pied, armé. Je m'affale contre une chaise. Je hurle. Le temps que je me redresse, il est dans le couloir. Ouvre une première porte, une deuxième. Je cours. Bayé pleure. Il frappe du pied la porte de notre chambre, elle s'ouvre à la volée. Je l'empoigne par la taille pour le faire reculer. Satine est sur le lit, fusil en joue, Bayé à ses côtés. L'homme tire. Elle tire. Elle s'écroule. La tête de l'homme explose en même temps que mon cœur.

# 40

Je suis prêt à partir. Je nous accorde un ultime recueillement. Bayé, dans mes bras, sanglote. Elle a faim. J'ai trempé un linge dans du lait, elle a tété un peu de liquide froid, si peu. Je suis mort hier, en même temps que Satine. Mais je dois me hâter pour donner une chance à Bayé.

J'ai enseveli mon amour sous la terre. J'ai reproduit pour elle le rituel des morts que je l'avais vu faire. Je l'ai lavée. J'ai posé mes lèvres sur ses paupières closes. Je l'ai enveloppée dans un drap. Je l'ai enterrée avec la plaque en bois gravée de nos deux mains. J'ai chanté pour elle. J'ai pleuré.

Je ne sais pas ce que je vais trouver de l'autre côté. Qui sont ces hommes qui peuplent l'ailleurs. Quelle langue parleront-ils ? Seront-ils bienveillants pour un père et sa fille ? Accepteront-ils des Matrides dans leurs rangs ?

Je ne sais rien du dehors mais je sais que je quitte un monde sans amour.

*Satine,*

*Je voudrais rester à tes côtés toujours. Il me faut me résoudre à quitter cet endroit où nous avons été heureux. Je le dois. Pour Bayé. J'ai bien failli m'allonger près de toi. Dans ce trou de terre meuble creusé de mes mains. Mes yeux sont secs. Je ne pleurerai plus. Toutes mes larmes ont été versées dans ta tombe.*

*Tu ne peux être morte en vain. Aussi je dois partir. J'emporte notre fille vers un avenir.*

*Ne repose pas en paix, s'il te plaît. Je souhaite que ton esprit nous accompagne et que ton fantôme ne cesse de me hanter jusqu'à ce que j'en crève.*

*Pardonne-moi. Pour tout. Pour n'avoir pas su te protéger.*

*Tu as fait de moi ce que je suis. Un homme. Tu m'as donné un nom. Je suis Pao, père de Bayé, et nous t'aimons.*

AQUIPRINT

33520 BRUGES ( France )
www.aquiprint.com

achevé d'imprimer mars 2023

IMPRIM'VERT
Votre imprimeur agit pour l'environnement